U1010327

青年诗歌年鉴

2016年卷

谭五昌　主编

山西出版传媒集团
北岳文艺出版社
BEIYUE LITERATURE & ART PUBLISHING HOUSE

图书在版编目（CIP）数据

青年诗歌年鉴. 2016年卷 / 谭五昌主编. — 太原：北岳文艺出版社，2017.10
ISBN 978-7-5378-5325-5

Ⅰ. ①青… Ⅱ. ①谭… Ⅲ. ①诗集－中国－当代Ⅳ. ①I227

中国版本图书馆CIP数据核字(2017)第209913号

书名：青年诗歌年鉴（2016年卷）
主编：谭五昌

出品人：续小强
策　划：刘文飞
责任编辑：左树涛

书籍设计：张永文
印装监制：巩　璠

出版发行：山西出版传媒集团・北岳文艺出版社
地址：山西省太原市并州南路57号　　邮编：030012
电话：0351-5628696（发行部）0351-5628688（总编室）
传真：0351-5628680
网址：http://www.bywy.com
E-mail：bywycbs@163.com
经销商：新华书店
印刷装订：山西人民印刷有限责任公司

开本：787mm×1092mm　1/16
字数：360千字　印张：24.25
版次：2017年10月第1版
印次：2017年10月山西第1次印刷
书号：ISBN 978-7-5378-5325-5
定价：39.80元

本书版权为本社独家所有，未经本社同意不得转载、摘编或复制

《青年诗歌年鉴（2016年卷）》编委会

主　编：谭五昌

副主编：柳必成　陈泰灸　况　璃　韩庆成

编委（排名不分先后）：

黄亚洲　雨　田　梁晓明　李少君　干天全　杨四平

庄伟杰　刘　川　赵思运　马铃薯兄弟　刘　春　周占林

何言宏　田　湘　赵金钟　熊国华　唐成茂　傅元峰

洪　烛　卡　西　郭思思　唐　诗　马慧聪　黄礼孩

冰　峰　西　可　高作苦　杨东彪　吴海歌　沙　克

荣光启　陈小平　李永才　凸　凹　金所军　金石开

安　琪　王爱红　马启代　杨北城　谭　畅　冷先桥

大　枪　胡建文　王士强　花　语　姚风（澳门）　方明（台湾）

目 录

第二辑 | 华北地区青年诗人

第五辑 | 西南地区青年诗人

第六辑 | 中南地区青年诗人

第一辑　年度推荐青年诗人

盛华厚的诗

雾霾随想

一个走投无路的人在我身体里寻找他自己
一场雾霾让他与所有通往自己的道路隔离
他在梦里背井离乡，挥别的手势格外苍凉
他渡海穿山仍然与功成名就之间隔着远方

如果莫奈活着，他一定从伦敦赶到我的窗前
我的窗外没有国会大厦，但有雾霾和黑暗
如果博尔赫斯活着，他一定说天堂不是图书馆
我赖以生存的天堂找不到去图书馆的路线

无人造访的日子，无人惦记的青春
在无人思念的月光下，你的痔疮还疼吗?
一年四季剧烈的咳嗽是否影响了你的优雅?
我们至今难以相见，雾霾会让你离开我吗?

据说今夜有流星雨，但我什么也不曾看见
我无话可说，更无与爱有关的愿望需要实现
一个貌似大娘的大爷与一个貌似大爷的大娘
他们言辞暧昧，嘘寒问暖，却把我夹在中间

你的窗外有我的黑夜，还有我的爱与孤独
我精神抖擞整装待发却不知前路是征程还是归途
黑夜中总有一束光，一直照着我们要去的地方

就这样孤身一人消失在这伸手不见五指的天堂

当时间把感情打磨平整，而生活却变得粗糙
当你我的生活开始平淡，而感情却变得苍老
我抱紧我自己，生怕被火热而不懂爱的人抢走
我和你拥抱作别，然后转身我们又将被谁挽留

一场雨

需要一场雨，穿过秋天下进我的眼里
荒冢丛立的树林需要有对恋人哭泣
蝙蝠低飞的黄昏需要不再回头的背影
需要一个没有手的人低头走在雨中

2016 年，总有一头狮子比我更加孤独
总有风调雨顺的人与我隔着一扇窗户
我一言难尽的呼吸，欲言又止的咳嗽
每天的 11 路公交车从早上堵到中午

你说:“我已拆掉自己身上所有的岸。”
我说:“我已在忘川河中守望了千年。”
你说:“三生石上你不来，我不老。”
我说:“待到彼岸花开，一切重来。”

秋雨沉沉，我被困在没有哭声的树林
看到通往坟墓的路上一对恋人正在宣誓
我环顾世界找不到一个托付内心的人

天黑了，无家可归的人仍将无家可归

特克斯夜雨

——给乌孙公主刘细君

一滴雨穿过我的梦境掉进茫茫黑夜里
一个人绕过茫茫黑夜只为了离我而去
雨，淋湿了远方和这个离我而去的人
淋湿了《悲愁歌》中身不由己的刘细君

总有人在我梦中哭泣，哭声将我惊醒
我看到梦中的乌孙公主至今孤苦伶仃
一颗政治的棋子决定着一个王朝的兴衰
我看到匈奴帝国的丛丛黑夜趴在我的窗外

特克斯，《史记·大宛列传》记载的乌孙国
中国唯一没有红绿灯的城市（当然也没雾霾）
这个载入世界吉尼斯纪录的历史文化名城
记录了汉武帝的棋艺和侄孙女无奈的余生

诸葛亮的八卦阵让敌军迷惑，而特克斯的
六十四条八卦街却是“条条大路通罗马”
既通向沙漠和大海，也通向过去和未来
并且在深夜，它常带着雨通向单身者的窗外

一只雄鹰在喀拉峻大草原的上空久久盘旋
九个草原石人在千年风雨中守卫着天山

成千上万的小巴郎在马背上风一般长大
七只最肥的羊羔成为招待远方客人的晚宴

我曾独自走进科桑溶洞感受八月的冰冷
也曾独自在马山上品尝过马奶和巴丹杏
我曾独自亲吻过岩画、骆驼刺和哈族的姑娘
也曾和你走过这有12个世界之最的八卦城

你曾独自站在乌孙山上面向汉朝幽幽地哭诉:
“吾家嫁吾兮天一方……愿为黄鹄兮归故乡。”
而我对着夜空说:“爱情,只是一场漆黑的雨
这场雨带着你的哭声,从汉朝一直下到现在。”

海洋水手号

——给 elena

多少个刻骨铭心的名字终将埋藏于心底
多少个值得回忆的地方终生不会再去
有多少意外的相逢就有多少注定的分别
有多少苍凉的旧梦就有多少独处的午夜

海洋水手号,在这个世界十大美国邮轮上
我因一个电影中的凄美爱情故事而无比怀念
但是常常躲过睹物思人却躲不过触景生情
常常感慨却默默无语,而回首已是匆匆那年

搬不动的大海,回不去的曾经,得不到的人

痛苦是短暂的，一切到了最后都会归零
但爱情还在继续，还将有更多的人前赴后继
在海誓山盟与杳无音讯后变得扑朔迷离

今夜海风习习，但不会遇到该遇到的人
空荡荡的月光将我潮湿的影子铺在甲板上
一只海鸥落在我头顶，一颗流星划过天际
我们一起望着大海深处，共同许了一个愿望

在特克斯梦到李白

众人喜欢李白，多是他的斗酒诗百篇
我也喜欢李白，因为他走在我的前面
从碎叶到山东，再从桃花潭到当涂
所以我和你喜欢的肯定不是一个李白

“举头望明月”时我来到了特克斯
我像李白一样在天山脚下举头望月
但我写不出“明月出天山，苍茫云海间”
所以我和李白观望的肯定不是一轮明月

然后我低头，试着让自己思念故乡
但我却在伊力古酒的麻醉中进入梦乡
在梦中，我忽而是杜甫，忽而是汪伦
但我没梦到自己是孟浩然或贺知章

无论我追还是不追，李白就走在我前面

如同我写过的诗喝过的酒都是李白的诗酒
而我如今走着的坎坷路是否李白也曾走过?
所以我和李白心中的肯定不是一个远方

“天生我材必有用”，却是“千里独徘徊”
李白超人般的徘徊与痛苦构成了我的矛盾
“直挂云帆济沧海”，我却在飞机上瞭望
庆幸的是，我看到李白终生未看过的天堂

盛华厚，男，字子曰，号弥天浪人，斋号盛旭轩，汉族，1982年4月生于山东夏津县，毕业于中央美院中国画学院水墨人物专业。曾获北大未名诗歌奖、首届中国青年诗人新锐奖。北京巴蜀书画艺术院副秘书长、中华诗词学会会员，有诗集《默读》、诗画集《拉萨女神》(琼吉诗，盛华厚画)，诗文被翻译成日语、韩语等文字发表。录制有电视访谈节目《八零上线：盛华厚——用艺术玩穿越》、《聚焦名家：盛华厚——“得天独厚”的多方面艺术家》、《盛华厚：笔墨丹青追梦人》。个人事迹拍成微电影《因为有你》及纪录片《青年画家盛华厚》在俄罗斯国家2台和央视播出。2014年被评为“中俄青年友好交流年50名优秀青年”、2016年被评为中国意大利文化交流使者。现定居北京。

戴潍娜的诗

一代人

——赠孙郁老师

一代人
活在黑信封里
灵魂压在红印章下
谁知
一个审美主义者的疲惫

没有年龄，没有国籍
忧思共和国里的士大夫
从天神嘴唇上拈来词句
远处的山丘抬起头
它黑色的蚌壳张开
吐出珠贝

佛给予的礼物是随时随地的
亦如您给我的

炒雪

喜欢这样的一个天
白白地落进了我锅里

这雪你拿走，去院外好生翻炒
算给我备的嫁妆
铺在临终的床上

京城第一无用之人与最后一介儒生为邻
我爱的人就在他们中间
何不学学拿雄辩术捕鱼的尤维亚族
用不忠实，保持了自己的忠诚
这样，乱雪天里
我亦可爱着你的仇家

当她把头探出船洞

她眼睛的颜色随耳语变幻
一头幼狮般的海浪窜过——
骤然熄灭的细小片段，拼出
另一半脸，于船洞之阴影

耳语窸窣。细微的动作闪着
光泽。井中发乌的银子
缺乏战争淬炼，这个时代
只敢在自己身上寻找异性

爱与饥饿是世界的枕头
她竖着耳朵，整夜倾听恐怖的乐器
平坦船腹中，她贸然祈祷冰山

开口之前，先演习溺毙
船鞋甩出船嘴，裸身看一回
永不没入地平线下的拱极星
她要活在每一颗战栗之上
睁着上帝之眼

当她把头探出船洞，宛如
亲吻一颗烧毁的恒星
决心点燃——
喉咙上覆盖的那一层薄冰

黑色电匣

逆行。通向罗马的大道陡然下坠
我们坐进一只快速移动的漆黑电匣
好奇地，在大地上播撒战栗
在缓慢死去的人群中
峻急地穿梭。山丘惊屹

十字架如鹰般压住身下的大地
钝刀之上，抽割着共同贫乏的声音
当人们排队购买细小的公平
黑色匣底，没有城邦的神或兽
掷出尊敬，旧世界的胶片，拥抱过的手臂

一次次复活这尘垢般的时间
毁灭、背叛、交换，值得拥有

罗马人，最终变成了清洗罗马的人
世界还沉溺于剧痛后的宁静
让别人对我们的快乐感到恐惧
穿越歧路，所过之处警报齐鸣

在禁闭的尖哨声中，我们
将整世界的电全部收集

格局

这刻起，我们已开始相互欺骗
别信！除了我还爱你，这唯一的真金
我们如今还有什么是共同的？
一座股权平分的废墟，使命、信念还是明天？
没有。连一张纸、一滴墨水都没有了

青山懒起。姑娘，请啜饮你为我酿造的苦刑
向那些欺骗过、坑害过你的人学习
让他们都像我一样匍匐着，看你抽身离去
披散长发犹如折损的树枝
丰臀堪比墓地般庄严

当初是我邀请你加害于我
走进你，像走进一间病房
我还会驶回那罂粟埋尸的黑暗腹地
别怕这分离，但愿人生过得迅疾
你我终于把全部的缺陷攒齐

你六十岁的裸照陪我下葬
别忘了，到最后，一切是平局

戴潍娜，80后诗人、译者。毕业于牛津大学。中国人民大学文学博士、美国杜克大学访问学者、诗刊30届青春诗会成员。荣获2014中国·星星诗歌奖年度大学生诗人、2014现代青年年度十大诗人等称号。出版诗集《我的降落伞坏了》《灵魂体操》《面盾》《瘦江南》《仙草姑娘》（童话小说集）。翻译有《天鹅绒监狱》《组合与反组合》《格诺二题》《乌力波简史》等。2016年自编自导意象戏剧《侵犯 INVASION》。现就职于中国社会科学院外文所。

张琳的诗

我为什么歌唱青草

理由很简单：我爱它们
在荒野上
默默度过青黄相接的一生。
不向左，不向右
它们只向上生长着，根在哪儿
它们就活在哪儿。
永远比风低一截
让风无处可藏
永远高于泥土，埋住的只是草籽
无法埋没的
是青草毫不潦草的一生
有名无姓的一生。
有一次
我在深夜写诗，突然想起
我为什么歌唱青草
为什么像青草一样
眼角挂着晶莹的露珠。
想不明白，是一种折磨
想清楚了
是另一种羞愧：活着背井离乡
死成一块墓碑
也免不了被搬来搬去……

菩萨顶

一直以为，那些匍匐在台阶上的信徒
在为我暗中打探前往天堂的路径。
一直以为
他们低下的头
弯下的膝盖
伸开的手，都是在替我赎回
对旧日的不恭，对神灵的失敬。

一直以为啊，我高高抬起的目光
只是为了替他们守着一片救命的辽阔。

路边记

一个年轻女人
坐在路边的石凳上抽泣。
隔了一会儿
她在春风中
解开颜色暗淡的衣襟
给怀中的孩子喂奶。

我路过她的身旁，她在我的身影里
一边流着咸涩的泪水
一边流着香甜的乳汁。
她一定有不为人知的忧伤和幸福。
我不知道她来自哪儿

要去哪儿。

走过去很远的时候，我又回头
望了一眼——
一个在光线中渐渐模糊的城市塑像
一个年轻的母亲
给人世带来了两条血管一样的河流。

读史

读史：就是让眼睛遇上光芒。
挑灯去看——
荆轲让整个战国时代心跳不已。
那一刻，风为他吹着
河水为他流淌着
那一刻，荆轲像一棵河南的蒺藜草
将秋风中的枯黄当成了再生的祷词。

这是他最后的归宿，我读到——
“在淇县南一公里折胫河北岸，
墓呈金字塔形土冢，高六米，
占地约三十平方米，墓北有观音堂庙”。

每个人都将刻下自己的墓碑。
在鹤壁，我听见有人吟《易水歌》
仿佛荆轲化身为乡村教师，
在春天的窗户下

开始了平静而安好的一天。

像春天一样美丽

美好的日子应该是这样的：
清晨在鸟鸣中醒来，一颗心
托付给温暖的光线。
有几株不善言语的桃李树
守在院子里，默默地
将花香从窗口倾入室内。
有朋友正从远方
驱车而来，车轮上
携带着两三个省份的新鲜泥土。
我系上绣着喜鹊的白色围裙
烧水、择菜，低头
读几条简短的手机信息。
高处有云
路过屋后的山峰，流水
为它的影子画上清浅的波纹。
美好的一生
应该就这样慢慢度过：
温暖、湿润、友好、高远
像一首诗，写成了绝句
像面膜一样的春天，让我日益美丽。

张琳，女，汉族，1989年5月生，山西省作家协会会员。在《人民文学》《诗选刊》等发表诗歌百余首。作品入选《2015中国年度诗歌》《中国诗歌精选300首》等。出版诗集《纸蝴蝶》。

李成恩的诗

金陵十二钗（组诗节选）

林黛玉

如果你不孤独，世上就没有了孤独
如果你不好看，世上就只剩下了丑陋

咯血的专业户，半抬起身子
那身子是由身子骨组成，一小截就是一首诗

一小截胜过人家整个身子
一个人的命运只要轻轻一咯

轻轻一咯就足够了
足够让你心碎，让你徘徊到天亮

天亮了雪落大地
雪落在妹妹的肩胛骨上

粗糙的锄头也是罪过
压在妹妹的肩胛骨上

葬花的事业成就了美人
一滴泪珠照亮了尘世

薛宝钗

薛姨妈是经典的
姨妈姨妈快来陪我

你满脑子的空房
你是独守空房的专家

不离不弃，芳龄永继
独守空房的事业非你莫属

如果是我你爱的男子
我就爱你

如果我是宝玉
我就与你生儿育女

你喂奶、我砍柴
首先我要学会砍柴

其次我要学会忘记林妹妹
她太难忘了

薛蟠哥哥晃动身子跳下了马
你冷美人的面容上鸟群四散

贾元春

大观园为你造
孤寂的大道为你开

烈火烹油
鲜花着锦

一个人决定一家人的幸福
幸福转瞬即逝

暴卒来得不算太快
时间的深宫依然有你坚守

省亲的仪式
有一次抵过幽闭的一生

皇贵妃的立场
夹在钗黛之争中

贾探春

三小姐你的芳名
你刚烈的性子深得我心

做人就要做探春这样的人
做女人另当别论

你当众扇了王善保家的一巴掌
此事深得我心

文明的女儿关心国家大事
耳光的响亮印证了玫瑰花的诨名

大观园的改革动了红楼春梦
失败是必然的

我申请加入海棠诗社
但不加入非虚构的朝代

发表“百足之虫论”后
你远嫁海南镇海统制周家

周家好过贾府
才女融入海疆戡乱

史湘云

三更半夜做针线活儿
这样的生活有点情趣

我坐在你对面
看海棠美人喝醉了

咬舌的动作我也学不来
你把二哥叫成爱哥

你立誓守寡
按《世说新语》生活

魏晋风度标准
如今可失传了

失传的美德
失传的咬舌音

睡在大青石上的人
我来找你喝酒

李成恩，作家、纪录片导演。出生于1983年，现居北京。著有诗集《汴河，汴河》《春风中有良知》《池塘》《高楼镇》《狐狸偷意象》《酥油灯》等，以及随笔集《文明的孩子》《写作是我灵魂的照相馆——李成恩谈诗录》等10多部，另有《李成恩文集》（多媒体12卷）出版。

李浩的诗

深山何处钟

高山上幽冥的黄钟大吕拨开我与苍天之间的食甚和界石：

空中的圣曲，处于雄鹿之心。
山谷里随坟冢与清风而来的浩大地气，息于泰山之体。

挂在内室墙上的梅花鹿首，睁大一群眼珠，在红色的灯光中，
娴熟地褪去底裤，辨识猎手。

　　我穿过炮火上的红海，在昭明中，等候圣洗的河南游魂，
好像广阔的平原上祭天的器皿，
盛放着新人的夕阳、祝祷、繁星，与砌墓的身影。

　　远行的旅人，吞隐远程和岩石的黑暗，但喉咙中的燕子、河流、星空，
磨坊和闪电，

以及暴风雪中的山峦，从河道的断桥上跃入洛水。

“停下来的，是死亡”

草原上的坚冰，从苍穹中，侵袭过来，
刺伤我抓不住的沙尘。但在明朗的

劲风里，它们站在世上，如同针头竖立。
它们努力地往你身体里钻，从耳边、咽喉，
从你的衣扣间、风衣上拉链的齿口。
它们任性地将你当作自己漆黑的

木盒子：想睡在你之上，还不让你发觉，
这是一生的事。到御马场，我站在人群中，
如同笼子里，掏空了内脏的黑雕。
另外几只，在它的隔壁挺立前胸，
从装上水晶球的眼眶里，反射出的寒光，
蔑视着那个抱起马脸、独行的牧民。

地上的草，高高低低，连接青云，
与游人，擦出响声。风扩张骨中的歌谣，
企图收留草原上的河谷、墓场，以及蒙古包；
出租车司机的身后，飘荡的白云和山石，
从牛羊的角上，入定苍穹。那纵横交织的公路，
和铁丝网分割的片片草地，在地下，

被不同的新政策承包、垄断，那些不断增多的公路
和铁丝网，那些不断消失的动植物，
那些变得越来越小的草地，在互相依偎的
睡眠里，躺成一个整体，或一截枕木，
如果我们从天上往下看。我坐在出租车前座上，

想着那个以高窗环抱天空，光束充满石柱，
拒售下午车票的车站。那个从售票厅的
穹顶上，飞来的白色人影，托住下午

倒立的人体，以及车轮。他踩满油门，
穿过闪电的防线，我将手从胯下伸向窗外，雨水
甜腻地吮吸我的掌心炸裂的石瘤。

吃与雾

天宇与皇城，将竖立的楼群，
装上微明的鹤羽。

酒缸里的女神与怪兽，高举牛首樽歌舞泡桐与危楼。

彼岸上的一片兰心，
再一次抬高，她们的宇宙。

我和你，沉睡在这座城市的十字架里。

酒神四周，大理石圆桌问鼎缺口，
葵花棉花壕沟怒放日出。白骨筑成的高空上，

风沙泻入朝雾与杜岭方鼎墓。

梦与死

墙上的白色暖气片，安装在两位
佛教徒之间。枇杷草

和泄露的寒风，向晴空下的
胡同，递交窗台、梯子，

和菱形屋顶。玻璃缸外的睡莲，
身处下班汽车的鸣笛中，轻轻晃动着

癌症患者的嘴唇。如秋雨，
斜立在傍晚的天使，俯下身，

戴上尿管，在画框中，被邀请来的客人，
分割成，儿媳和妻子。

楼上切斫的脑袋，坚硬的石块，
正在向椅子前的山蟹飞来。

夜：全景溪

第五日，金表的心脏，
在墙上，向玉中的
河流要床。山石里女性的呼吸，
彼此牵连；而悬崖、群峰、湿润的彗星，
倾泻长廊。

静止于绸缎上的草木，
在你的蜜乳间，惦念的荒漠、高原，和行星，
回到寺院挽留的僧侣。

雾中温热的红犁沟和乌鸦，
在早课的餐桌上，拆开风雪中，
两座西山之间的树根。

幽暗的窗格里，急射的星辰，
如同一扇又一扇开启的，搅拌我血汁的门。

李浩，诗人，1984 年 6 月生，河南息县人。曾获宇龙诗歌奖（2008）、未名诗歌奖（2007）、海子诗歌奖提名奖（2016）等。著有诗集《风暴》《还乡》等，并有部分作品译介国外。北京青年诗会发起人之一，2015 年起与友人主编《珞珈诗派》。现居北京。

曹谁的诗

在飞机上遥望故乡

飞机在故乡的头顶经过
我看着连绵的大地
伸手去触摸却又遥不可及
我在起伏的褶皱中
寻找我出生的地方
那些山峦多么相像
我的眼睛突然变花
我躺在床上看着天花板上的纹路
想到什么就能看到什么
我恍然从童年醒来
现在是在一万米的高空看着故乡
我像云一样飘过故乡
我们这一生像云一样飘过地球

大风歌

大风从远方吹来
穿过整个大陆
一块块土地次第翻起
在我们的面前停下
大风吹起你的发丝

我们的嘴唇穿过发丝相接
在这茫茫的人世
我们相爱多么不易
我们在生和死的边际奔跑
我们仰面对着星空说
任百世千劫的大风吹过
生在一起，死在一起

雪国

大雪把所有的山口都封死
我们纵马在天地之间奔跑
马背上的笑声在风中飘荡
你的唇如野玫瑰一样血红
我的发如黑烟雾一样弥漫
我们在河流的两岸相望
我们是隔着两个人世在张望
我们在古堡的内外相望
我们是隔着两个世界在弥望
我们恍然晕眩
在一瞬间经历爱恨情仇
在一刹那体味悲欢离合
我们同时伸出手
冰雪在指尖传出彼此的心跳
我们就这样并马前行
在这雪国度过一天
从日出到日落

一旦醒来就将结束
这一日就是一生

兄弟的果园

大风吹过果园
绿色波浪起伏
苹果像红色灯笼
照耀我们去巡逻
一起吃着苹果
一起说着笑话
树林中低头可以看到脚丫
有人来害苹果
我大声吼一声
那小孩一溜烟跑掉
春波和雪波跑到下面去追
我突然感觉身体不适
我对他们说：
兄弟回来吧！
我们的果园中还有许多果子
最重要的是兄弟要在一起
我们肩并肩在绿风中往回走
我突然从梦中醒来
看着满天的繁星
想起故乡的兄弟

天葬台

在高高的山冈上
巨大的经幡飘展
我们坐在风中默默遥望
近在咫尺的天堂
这是盘旋的秃鹫在诉说的
这是紫色的小花在倾听的
我们却不敢面对死亡
大风吹拂千年万年
大山伸展千里万里
从出生到死亡
我们最多有百年
从人间到天堂
我们最多占两米
我坐在巨大的经幡中心遥望
有时望向童年
有时望向暮年
整天都处在心神不宁中

曹谁，当代作家、诗人、编剧。原名曹宏波，字亚欧，号通天塔主。1982年生于山西榆社。著有诗集《谁在苦闷中象征》《冷抒情》《亚欧大陆地史诗》，文集《巴别塔尖手记》《西藏新疆游历记》《三江源的动物王国》，长篇小说《巴别塔尖》《乱世孤星：虎台太子传奇》《血色娘子军》《雪豹王子》《昆仑决》《昆仑秘史》等十余部书，写有电影剧本《太阳城》、电视剧本《孔雀王》《昆仑神话》和舞台剧本《雪豹王子》等。先后获第五届青海青年文学奖之“文学之星”、首届中国青年诗人奖等。系中国作家协会会员、中国电影文学学会会员、《大诗刊》主编。

吕达的诗

时光之相

当蓝色的天幕低垂
星辰通体发烧
爱情在悄悄鼓翼
请用语词覆盖我

我可以给你写信：
“相识时还是短发
分别时发辫已及腰”
除此之外，如果我无话可说
那说明我爱你爱过了头
而倘若我写得太多，毫无保留
不在乎这里的一切，只想念你
也请你原谅
因为这是人间地狱，我深爱你的地方

复调：致年老的亚当

一千句一万句也说不完
太阳照在大地上有多美
一千生一万世也唱不尽
天空有多蓝，我就有多想你

回忆往昔，我们曾热烈地相爱
（这条路已是绿树成荫）
现在我们相隔天涯
（一生最怕远离家乡远离你）

哦，我们是太阳和月亮在分离！

时间是一种材料，参与对我们的构成
为了不至褪色
我走过之处遗落的爱情碎片
你是否还能分辨？
我想象你弯腰捡拾它们，然后吹一口气
将我重新放生于无尽的尘埃之中

1886 年的兰波

词穷。无尽的空间。
如何启齿：“我爱你？”

洗碗时突然很想曾经喜欢的一个黑姑娘
哦，她如水的眼睛、温暖结实的乳房
她曾放心地瞧着我
一声不吭地跟着我穿过街道

只要活着，我就照常需要厨房、厕所和床；
然而没有她，心里空荡荡的；

其实写诗没有什么，但不写可能真的会死；
虽然我现在写的是一文不值的信

沙漠好过绿洲
姑娘好过甜酒
我想她想到一句话都没有

不远万里

祖国辽阔，故乡只有一个。
藏区的名山很多，眼里只认识你放羊的那一座。
情人众多，想见的只有一个。

晚祷

主啊，荒谬是因为你爱我吗？
在黑暗与光明之间没有任何抓握之手
因为音乐，我选择不成为聋子
因为爱，我愿意祈求
求你爱那从来没有爱过的人
求你让她得着除你之外的安慰
让她为在尘世保持明亮的心而摸黑写下诗句卸下尘土
求你在这卑微的诗句后与她相逢

吕达，女，1989 年生于安徽太湖。中国诗歌学会编辑出版部主任、《中国新诗》编辑。曾获首届中国青年诗人奖。

李娜的诗

班达横渡夜航

甲板上的风是知道方向的
静默的日落，看我们
交错的双手，垂下的眼睑，以及
无力安放的明天

雨是童年的使者
有白色的翅膀，你望着远方
黑暗中浓重的乡愁
你低沉地诉说带着沙粒，像雨滴一样
敲打我心

海岸线日复一日地重复着
相遇与离别
此刻，止息的海水告诉我们
这人生的故事多么平常
夜已经来了，而我们风雨的归途还正长

忧伤是微不足道的
海洋生物的旅行太过漫长
它们没有记忆
也不会在意船在什么地方靠岸
海水是冰冷的，生死早已是小事
更何况我灵魂细微地抵抗

我们早已无力言说
内心一次又一次地被海浪掏空
陌生的人群像疲倦的鸟一样消失了
你满心苦涩，想要拉住时间的衣襟
巨浪在我心中升起
再无止息

至夜夜来访的雨

并非是这雨水冲刷出的陈腐之物
使我伤心
它微小如毫无生气的尘埃
平凡如每天早晨例行喝下的牛奶
无辜如常青树上令人麻木的绿叶

它并不能使我
这个夜晚，更爱或者不爱这个世界
如同你的脸，和兵马俑里某张脸高度相似
如同你说的话，是被无数人说过无数遍的词语

如同这夜晚，如同餐桌上的饺子，那个蘸料，以及同桌人的笑声
它们只是一个太过粗糙的赝品
是的，它分毫不差，用它那精准的乏味
刺痛了我
以惯有的方式

我寄愁心与明月

在夜色中的我贫困潦倒
一句话也寄不出去
尽管我直面命运的时光如此悠长

我决然辜负的是世界的和风细雨
是你亲手点燃的、整个星空的美
和它那不动声色的悲伤

我所说的庸俗的人生啊
它准备把我带向更遥远的地方
我一转身，便遗忘了所有的过往

风雨骤来

陈忠实，一个在黄土高坡上抽烟叶的老人
也许还裹着白羊肚头巾，高兴的时候吼两嗓子秦腔
在灞桥破旧的村庄里
有一缕浓重的炊烟也许就是他点燃的
而我也曾不经意间路过

你和我说起过他，你的朋友陈忠实
一个和白鹿原无关的老人，有着生活的琐事
连同我和你一起吃过的贵州菜
你把它们说得意味深长
让人来不及逃窜，不得不直面这不过如此的人生

这个早晨风雨骤来
这只是无数个平凡的早晨中的其中一个
我在奈良公园，离那些过去很远很远
梅花鹿吃完饼干之后并不甘心
它们一起啃咬我的衣服

我的心突然一疼
我害怕你难过
我更害怕你的名字有一天
像陈忠实一样从新闻中跳出来
铺天盖地

李娜，生于1988年，河南商丘人。诗人、青年作家。作品散见于《中国诗歌》《星星》《诗歌月刊》《青年作家》《四川文学》等刊物，入选《中国诗歌2013年度诗选》《活在珍贵的人间——海子纪念集》等。

庄凌的诗

寻人启事

墙角与电线杆上贴的寻人启事
路人都要多看一眼
每次看到我就慌张
丢人
我们的脸都丢光了
儿童不是被要传种的古人拐走了
就是成了街头的乞讨的流民
老人多半是忘了家也忘了故乡
今天的地址和环境全变了

那些寻人启事的照片似乎都面熟
像我的老乡与亲戚
上个月我不小心上了一辆出租黑车
和很多少女一样，至今下落不明

自私

我对母亲说，你要自私一点
一生不能只为别人活着
26 岁之前跟着村里的男人开山挖水库
甘愿放弃恋爱照顾病重的哥哥
26 岁之后嫁给了一个酒徒

这个不争气的男人一病就是一辈子
抚养两个叛逆的孩子
一个二十多岁了还在社会上游荡
一个该嫁人了还坐在象牙塔里发呆

如果母亲能变成蝴蝶
我想放她远走高飞

红高粱

祖母如高粱一起生长又如高粱一样静静躺下
如今母亲也只剩老去的枝叶
过年的时候我和堂妹蒸蜀黍糕
剩下的给父亲酿高粱酒
我们用高粱秆拴盖顶高粱穗子扎扫帚
就连高粱叶子也要喂牛羊

记得小时候我们在高粱地里玩过家家
天当被，地当床，高粱一直为我们保守
让人想起来脸红的秘密
直到我在城市里像风中的高粱一样行走
并牢记我的属性：品性温暖，抗旱耐涝
身体像甘蔗一样甜，一生没有被浪费的光阴

夜路

天一黑
鬼就从民间故事里溜出来
有冤鬼、厉鬼、落水鬼
还有死去的亲人也在问路
我小心翼翼活在鬼魅中间

每次走夜路
我就害怕
想起儿时父亲教我的一个绝招
踹一脚农家的门
他家的狗叫了
全村的狗也此起彼伏叫起来
鬼就害怕了

在偌大的城市
我更不敢深夜出门
即使有路灯、有霓虹
也照不亮冷漠的眼睛
即使我对谁家的大门连踹几脚
也悄无声息

桃花

桃花盛开时，别信口开河说天涯
我只要咫尺距离

爱情的颜色其实看不见
看见的都是别人的脸色

人生苦短，世人都幻想桃花运
父母却教诲我戒桃花之颜
为何我要逃避七情六欲
黛玉也要葬花，要不回忆一片空白

桃花无毒，有毒的是人心
不要问花，问问自己
桃花在风中走散
有人客死他乡，有人风尘仆仆归来

庄凌，女，90后，曾用笔名夏小风，在《人民文学》《诗刊》《钟山》《星星》等发表组诗，获第五届“包商银行杯”全国高校征文诗歌一等奖、首届华语作家提名奖等，诗歌入选各类年度选本。

胡畔的诗

三道茶*与咖啡

火塘上的茶壶咕噜地响着
临行前，奶奶捧着三道茶说
到天远的地方去，不要忘记山寨
我走了，走进没有鹧鸪的城市
车水马龙在身边流过
独自在小巷昏暗的灯光下
将自己单薄的身影拉长
墙头花花绿绿的广告满脸堆笑
我不知道路灯能否看见没井盖的陷阱
写字楼亮着加班的灯
照着一副副熬夜的面容
明天大概也不会有太阳
连日的雾霾一天比一天严重
随时戴着厚厚的口罩
谁也看不清谁
下班后回到蜗居，照着镜子
竟然不认识自己
咖啡提神，这习惯的饮料
让我没有睡意
并非咖啡因的刺激

---

*喝三道茶，是过去白族长辈对晚辈外出学艺谋生以及婚嫁时的一种祝愿，包含生活“头苦、二甜、三回味”的意思，后来成为白家待客交友的一种礼仪。

辗转反侧在故乡山寨的路上
满口都是三道茶的滋味
煮茶的雷鸣声隐隐传来
忘却的岁月
清晰如洱海上的明月

荷包

想为你绣一个荷包
缕缕丝线纠结着思念
我知道你不期待荷包能够驱邪治病
用不着为你装上艾草
装上一粒麦种
荷包贴着你胸膛的时候
落进你待耕的心田
思念成为雨露
悄悄地发芽抽穗
阳光灿烂的五月，起伏
一望无际的金色麦浪
我已筑好粮仓
准备全部装下你的收获

节日的阿哥

三月的洱海一声召唤
你戴着草编的花帽翻过山梁

晨曦的岸边
摘下浸透月光的柳枝
额头贴着初升的太阳
三月街上
仗鼓击快你的心跳
挤进人山环绕的戏场
分鬃的野马立地而起
不用嘶鸣，彪悍的亮相成为雕塑
阿妹的喝彩声中
你温柔成兔，不是望月
望着一朵含苞的茶花
露着白牙憨憨微笑
勾脚舞中
你眼里腾出火焰映红阿妹
不再独自翻山
回寨子的小路上
你的怀里多了一个荷包

孔雀精灵

——致杨丽萍

从寨子里飞走以后
孔雀的世界便属于你
太阳的光辉为你的羽毛染上七彩绚丽
月华浴出你如玉的身躯
你，美的化身
在一次次展翅的刹那

把圣洁的甘露洒向每一双渴求的眼睛
所有眼睛明澄出一片无边湖水
投下凌空起舞的倒影
迷恋的鱼儿成鸟，簇拥你飞向天际
披着霞光四射的霓裳
越过崇山峻岭
翱翔浩瀚的海洋
把自由幸福的心愿舞成满天祥云
不同肤色的人们抬头仰望
孔雀精灵，东方的女神

胡畔，白族，80后女诗人，四川大学在读博士生。已在全国报纸杂志发表诗歌百余首，发表评论与学术论文二十余篇，参与编著《认知传播学》。诗歌入选《2014年中国新诗排行榜》《青年诗歌年鉴（2015年卷）》《2016年中国新诗排行榜》等。获得第三届马识途文学奖一等奖、四川省高校人才选拔赛“青春之歌”征文赛一等奖等。

王彦山的诗

我的母亲

我，王彦山，生于 1983 年
母亲那年，30 岁，彼时
中国计划生育政策正紧
二姐已先我一年出生
用母亲的话说，我是逃生的
从不信神的父亲，骑着大金鹿牌自行车
驮着有孕的母亲，专门去东边的山村问卜
彼人答：恁媳妇怀了个黑大汉
父母才心满意足地在月色中回家

我生之初，不知道中国是不是
已有这么一个节日，专为母亲们而设
待我长大，17 岁，负笈南下
才知道一个节日——母亲节
2016 年，我 33 岁，小女刚满 7 岁
我，不在您膝下，已 16 年。又是母亲节

下午，我拨通你的电话：
“妈妈，今天是母亲节，祝您节日快乐！”
母亲“哦”了一声，并没有太多话要说
“恁想要点什么礼物？送恁一把紫砂壶吧？”
“送恁舅。”
“给您买件衣裳吧！”

“不用。”
一番生人般的推让后，你说:
“还是给我寄点茶叶吧。”
我满口答应，也知道
你刚做过手术的负荷过重的心脏
和因积劳过损的腰椎间盘突出，茶
已不适合你，嗜茶半生的乡下妇人
这茶叶，估计还是你送舅舅和其他亲戚的吧

端午，小记

早上，送女儿上学的路上
零零星星，有几个妇人手持艾草走过
七岁的王子今：“爸爸，那是什么?”
“那是艾草，也叫艾蒿，可以辟邪，也可以驱蚊。”
哦，又到端午了，记得小时候
山东老家是不大过这个节的，每年到了这一天
母亲都会起个大早，把家里能煮的蛋
满满地煮一锅，等我醒来，院子里的灶台上
总是满满一锅蛋，剩下的几天
全家人都在吃蛋，鸡蛋、鸭蛋
有时还有鹅蛋，咸鸡蛋、咸鸭蛋
有时还有咸鹅蛋

重阳节小记

晨起读诗，读到杜牧
才知江可涵秋影，菊花插满
赣鄱大地的少白头，国庆节前准备
给岳父快递回去的两瓶老酒
昨天才寄走，雁如妻
不作南归，返北游

给王子今

哦，你终于睡着，我起身
彷徨复彷徨，阳台上独坐
就在临睡前，你还主动读唐诗
在我手机里看紫砂壶，又向我屈起
你的胳膊，让我看看是不是长了肌肉
这还不够，你又让我压住你的小腿
做了几十个仰卧起坐，才肯睡去
我一直怀疑：你体内是不是潜伏了一座发电站？
而你的毛病，如春雨后的韭菜，一天天见长
眨巴眼睛，走路磨鞋子，在公共场合尖叫
像一个秉笔直书的太史令面对少不更事的儿皇帝
写，还是不写？父，都无从下笔
却要逐一郢斫，每割掉一茬
下一茬又潜滋暗长，这总让我记起小时候
在二舅家做客的情形：晨曦微光
二舅总会在露水未晞的时辰起床

在院子里磨镰刀，而二舅蹲在地里
刈割韭菜的声音，和韭菜被割断时馥郁的香气
正沿着两千多华里的路程，铺排而来

江右夜

傍晚预报的雷电天气到了凌晨
还没有来，女儿养的十只弓背蚁
还在工坊里往来劳作，悉如国人
它们分工明确，各司其职，挖掘、运输
终其一生，在生殖、饮食、建筑，遵循着
它们的生存法则，更多是服膺于个体
求生的本能，这多像一个无为而治的
理想国，人人甘其食、美其服、安其居、乐其俗
又多像鲁西南平原上后屯村老百姓一生
朴素的愿望：收成好一点，有可能
就多生几个孩子，不管是儿是女
盖一座像样的房子，钢筋用五号的
给儿子娶个媳妇，屁股要大
要能干。窗外又飘起了雨

雷电让一个内陆省陷入谵妄的期待
我在纸上弓起了背，坐骨神经隐隐在疼
深耕概种、立苗欲疏，古典中国的遗训
让我的手艺生疏，完全不像一个农民的儿子
我继续挥锄，半亩还没解冻的土地
通过锄柄将大地内部的疼痛

又还给了我

王彦山，男，汉族，1983年农历十月生，山东邹城人，现居江西南昌，供职于江西人民出版社。诗歌发表在《诗刊》《中国作家》《钟山》《天涯》等刊物，入选《2009：文学中国》等选本五十余种。参加《诗刊》社第三十届青春诗会，并出版诗集《一江水》。中国作家协会会员、江西省滕王阁文学院特聘作家、鲁迅文学院第二十一届中青年作家高级研讨班学员。获三月三诗人奖、中国新锐诗人奖等。

安然的诗

起风了

这些年，我意志坚定奔向南方
故乡的风凶猛彪悍，携沙带尘
总在大牧场耀武扬威
牧民都怕它，我也怕
每年春天，它会吹断电线网
吹散羊群和草垛
吹走我的草原，只剩裸露的黄土
在荒凉的四季呜咽
我害怕，躲到重庆和广州
这几天，我在梦里又遇见了它
好比从前，把我的皮肤吹到皲裂
把我的眼睛吹到流泪
一次次把我从睡眠中吹醒
起风了，在心中越吹越猛

在秋天，说起少小离家的人

我不愿接受一些事实，比如：
七月二十，我的户口离开了苏木
我与爸爸妈妈隔了诸多城市
要习惯粤语、回南天、八个月的夏天
在秋天，我并不比谁过得潇洒

我羞于怀念家乡的事物
我不懂民俗和历史，如此顺理成章
在秋天，有人歉收或者丰收
说起少小离家的人，我不愿承认
我的虚伪、自私和狂妄
我的口是心非
我是歉收的小女子
在秋天，如果有一场雨来临，我要
携带闪电和雷鸣
在窗前，为对面楼顶的小树祈祷
它多像我，孤零零地望向天空
艰难的样子
无家可归的样子

低头

低于河流、青山、大地
低于檐下的飞燕
低于池塘里盛开的荷花，或者
低于莲蓬的高度
有时，我低头就能看见生活里的波澜
林木让出了春天
有时，我低头，想让田野长出稻穗，脚印再深一些
我走过去，可以看见临盆的小狐狸
有时，我只是想走得稳一点
我低头，哪里都是秩序，雨露、深林、鹿群、高原
我都没有

我低头，低于尘埃，低于内心的山地

我喜欢你

看见你，我就变成了你
像麋鹿一样奔跑
像芙蓉一样露下落

我要去浅水之地，芦花一样飞给你看
我要去杏林摘最小的果实
送给你
看你羞涩、低眉、欲语还休的样子
最好去古渡口，泊船的彼岸
我喜欢你，明月下
一阵清风吹拂旷野的时候
我不是我
我变成了你

安然，曾用笔名木槿，生于1989年，满族，内蒙古赤峰人。广东省作协会员。在《诗刊》《星星》《民族文学》《青年文学》《诗选刊》等数家期刊发表百余首诗歌。出版有散文集《木槿花》、诗集《漂浪》。作品多次获奖。现供职于花城出版社。

若离的诗

与一只蚊子对话

不应守在秋天变成一只脆弱的猛兽
埋在血管里的红　不再相信慈悲
你是感恩黑夜还是相信诗人的愚昧
你在我身边饥饿地飞　那么近
近到眼睛里的世界只有你干瘪的叹息

你用那沧桑而巨猾的语言
道诉夏日的无情　秋天的冷清
或是某位诗人的悲愤
夏天已死去　秋天装糊涂
诗人在犯困　此刻唯你独尊

秋天比黄色的皮肤香艳诱人
你独恋深埋的血腥
所以　你处心积虑　巧舌如簧
把秋夜说得昏昏沉沉
把世故道得冷冷清清
亲爱的蚊子　趁诗人眼泪正浓
赶快偷走善良的血吧

泥土深处是故乡

泥土深处　那是另一个故乡
将来我们都会从故乡回归另一个故乡
爷爷与奶奶把思念种在人间
等到那个叫清明的日子
故乡将被另一个故乡带走
凄凄沥沥的小雨落在四月的坟前
坟边的野花野草疯狂滋长
仿似阴阳两隔的牵念　根归尘土
花香散落人间　我期待
某年某月　泥土深处的另一种团圆
那时故乡不是故乡　思念恍如思念
记忆中的一只蝴蝶路过坟前
哦　那是你么——未了的尘缘

乡

年味在尘世归来中淡泊隐退
游子未曾归来
故乡的小河已深埋地府
满怀心事与我同龄的大树
对坐门前　她老了
春风在我们对视的眼神中
偷走了一些陈年的默契

饥饿的乡情隔空也能嗅到

厨房里的每一道餐具正在悲泣
母亲的围裙牵不走城市的一片蔚蓝
我的心如落在缝隙间的一抹春色
等待着无言的苍老

假如在梦中还能遇见古老的村庄
烟花还能勾住过往的繁华
请允我把魂葬于故乡
二月的春风是远航的翅膀
暖阳落在手心

遇见芬芳

最美好的时光里
总是遗憾没有遇见最美好的自己
五月牵手重重花语
却再也不是春的故事
三月的梅园没有留下太多关于梅的记忆
我却记住了天空蹙眉的样子
一朵梅的傲骨让天空低下了头
云的心事深埋海底是凄苦
我走过三月的梅园　邂逅五月的海
遇见芬芳　留下一段不倦的痴守

若离，80 后女诗人，出生于湖北黄梅，现居武汉。2008 年出版处女诗集《若离诗集》；2009 年出版散文集《若离散文》；2010 年担任网络文学出版总监，主编《中国当代网络诗歌精选》等。

高璨的诗

山水禅

进入不了石头
因为它们没有门
唤不回雪人
因为它们没耳朵

五点半
山中在习早课
上车的人其实没走
坐下的人也不在此刻

霞光万丈
金铜佛像一站千里
风里没有预言
水中没有往生

我的身边只坐着
这个世界

钟和木鱼
总是越敲越空
雪也是
越下越薄

虚实

美丽的大风天
你如鱼群拥入
我不爱　不恨　不悲　不喜
如落花漂过河流

人间总有些虚假的说辞
如同我刚刚说的那些

实际情况是
美丽的大风天
你如凄凉美绝的鱼群拥入
我的三月
遂冰冻三尺
小雪　大雪　寒冬腊月

洞穴论

外面的鲜花也许
并不如火焰烧得美丽

除了石灰岩火把　偶像
还有那么多没有命名的事物

风　雨　雷
恐惧从心里拿出最初的神话

猪　牛　羊
温柔者最先献出自己

手脚离开绳索
第一次感到十指连心的痛
第一次踩空
第一次有人掉下悬崖

鹰的眼睛里那个回去的人不被信任
被自己的历史鞭打
就像从蛇开始的宗教
将撒旦讲作蛇

先知只需要一个
最先背叛祖先的人

而大多数的凡人要留下
来构成这个理论

挂念

天快黑的时候
叶子一两片地落
树就八九度地冷

风里掺杂蝉翼破碎
雨悬而未决

像那些拿起来反复掂量的事物
像夜晚每天降临
美丽的蝴蝶总是秋天才来
等待的昙花却是好久不开

像那些深深埋起来的事物
像冬天会下雪
很多人只从香中识得蜡梅
更多人只听说过梨花如雪

总是以为我们所挂念的事物
都靠近世界中心
蜻蜓点水点水
她留下卵
我们留下谬误

高璨，湖南大学岳麓书院学生，90后。在《人民文学》《诗刊》《钟山》《文艺报》等报刊发表作品千余篇。出版有《梦跟颜色一样轻》《你来，你去》《这个冬天懒懒的事》《四五六七日的雪》《语言，众人的密谋》《守其雌》《诗经未说完的秘密》等19种图书。有作品入选新闻出版总署第三届“三个一百”原创出版工程、2009年向全国青少年推荐百种优秀图书；获首届《儿童文学》金奖，第一届、第二届陕西图书奖，首届中国青年诗人奖·新锐奖，首届陕西青年文学奖等。

马晓康的诗

只有爱是一件大事

当内心的嘈杂达成和解时，我日渐熟悉了平淡的技巧
趁还记得眼泪的温度，抓紧将它们冷藏
从活着走向死亡的路上，只有爱是一件大事
是时候去爱了，爱人，爱自己，爱上愤怒和平静
爱闯进房间的微光中的尘埃
我的失踪，是我对自己最大的奖励
不该为消失的事物而急切，更不要喊出名字
要找，就用沙哑的悄悄话找
不要麻烦好心的路人们
从活着走向死亡的路上，只有爱是一件大事

北京的第一场雪

一场雪，不足以掩埋这座城市的欲望
在破产者身上，人间的颜色更加分明

我在窗前读书，一本关于死人的书
每翻过一页，都像从一具尸体上踏过

雨夹雪，淋湿了冬季的秘密——
暂且模糊着吧

天空的色调还没有调好
新的颜料被他们锁进了盒子里

没有人留意这些细节
我无法用一只眼睛，阻止这一切

戏弄

太吵了！我往爱的更深处躲
这条路上，我并不期许会多一个伙伴

他们抢下流浪汉的衣服
指着他的裸体，对路人们说——
看！这就是痛苦，这就是你们

痛哭流涕的路人，变成一群痛哭流涕的暴徒
残疾人的拐杖、聋哑人的舌头，都被他们抢走
他们欢呼着玩弄痛苦，踩在一片叫悲悯心的土地上——

这并不会让他们爱这世界多一些
(痛苦不需要修辞，也不需要模式
拥有了同情，也就拥有了爱)
也并不会，让称兄道弟的他们，爱彼此更多一些

在天宁寺桥西站等车

天空开始人为地变色
而我，还没蜕开自己的壳
白云桥上，汽车们咆哮而过——
多年来，他们已找不到更和谐的方式

马路对面的居民楼，和我共享同一天生日
阳光下，有恋人、夫妻、老人和孩子
还有一股强烈的药味

四楼的阳台上晾起了衣服
三楼的沙皮狗趴在窗口
二楼的玻璃给自己画了一张蛛网
……

毒药和解药，一并饮下以后
许多种死亡的方式，都成为可能

清晨，在沉沉地喘息

从工商银行到出租楼，抬头挺胸的人
羞于骑白马出行
堆积在街道上的不安，鸣笛
成了唯一愤怒的方式——

整个夜晚如一场黑雪

把真我缩进屋子里，出门
被繁华煮沸。灰色
阳光已经照得很疲惫了

早起的人，在街角兜售愿望
穿过孩子、年轻人和老人
再谢绝他们三次，这是
我抵达一天的，全部距离

马晓康，男，1992年生，祖籍山东东平，留澳7年，现居北京。系2015年中国·星星大学生诗歌夏令营学员、2015《中国诗歌》“新发现”诗歌夏令营学员。出版诗集《纸片人》《还魂记》《逃亡记》等。出版长篇小说《墨尔本上空的云·人间》。诗作散见于《诗选刊》《诗歌月刊》《诗刊》《山东诗人》等。曾获2015《诗选刊》年度优秀诗人奖，有部分诗作被翻译为韩文、德文、阿拉伯文、英文等。

张元的诗

时间的秘密

黄昏来临的时候，就有海水
被月光锈蚀
让波涛慢慢地靠近宿命
留下一半沉默的影子
与世俗保持越来越近的距离
又如跋涉已久的忧伤
在黑暗中滑过，每一寸心事
包括遗憾
都将要在天亮前开花
长出生活细微的皱纹

我缺少人间的爱

很多年以后，我飞走了
就像我从没有出生一样
或许，会被人记住一些
我的指纹、血脉、眼泪
包括那年写给你，那封未完的信
我也曾不止一次地相爱
但命运，总是给予我相似的孤独
玫瑰于我更像是，一个美好的隐喻
没来得及触碰，就害怕了别离

我不知道你会不会离开
但我还是想爱，认真地爱
一生风月情偏重，我学会了一半等待
一半流浪，黄昏时为你写诗
然后在你的眼睛里睡去
醒来时，已是天明

远方

很多的时候，我都忙碌于生活的细节
习惯着一些我想拒绝的
我在日常的细微中读到生活的庞大
还有最初的看法

我所行走的每一步，都是深渊
都有无穷的选择和被选择
漫长地沉思，囚禁一个人的野兽
在一天中学会了漫长
在一生中学会了虚度

那是多么遥远的一个远方
遥远的就好像我从没有离开一样

镜中人

我看到里边的那个人，很陌生

甚至陌生到了害怕，产生出恐惧
让我的内心忍不住地慌乱

我笑，他也笑
我哭，他也哭
我与他一起的步伐，都惊人的毫无差别
这让我更加慌乱

因为，我不敢面对那些只有我知道的罪恶
那些在黑暗里，偷偷触碰过的敏感
连同着昨天的选择、年轻的错误
都让我迟迟不敢与他相认
让我脊背发麻

南方书

可以在一支芦苇上折叠
把风景一寸一寸打开，不要太多波澜
也不要一丝细微的惊涛

可以有沙滩、有阳光
有和风细腻的椰子树和灌木丛
当然，也要有美丽的蝴蝶和漂亮的姑娘

可以有很多的湖面，倒映出一片森林
可以有白天的故事，在夜晚想起
可以让那些残存的遗憾，被美好覆盖

还可以让时间慢一点，再慢一点
好让那些无处安放的忧伤，心怀愧疚
不愿在原地想起，也不愿在回忆里忘记

张元，男，1995年生，祖籍甘肃，现为洛阳师范学院学生。系2016《中国诗歌》“新发现”诗歌夏令营学员。诗作散见于国内各大诗刊。曾获首届中国青年诗人新锐奖等奖项。

灵鹫的诗

差别

你不像别人
在天空下挤眉弄眼
哀悼童年

别人不像你
在年轻的时候
与一只狗做伴

我的生活

一根短发
落在肩上
有时刺进我指尖的皮肤
让我感到自身的尖锐

一本杂志封面
脂粉过重
让我感到美丽过度复杂

一幅写意
《雁过无声》

让我看到风景的诚意

一只排箫
没有时间孤独
让我感到独处不再危险

我停下来
摸到心脏
让我感到我有勇气写完它
——我的生活

快到抑郁症的门槛了

你东游西逛
是该挂起来
躺下
冥想
念念有词
还是？
你怀疑……
想从舍身崖跳下

我拉了你一把
仅仅在电话的扬声器这头
我不想有人跟我抢
抑郁症这个宝贝

文风塔

被人看
多半是路人
以你为方向标
你也看我们
在你眼里
我们太年轻
你活得长久而坚持不动
把风平浪静留给人间

你低下头
看到了水里的样子
而我低下头
只看到了你

灵鹫，本名阳艳，女，汉族，1989年10月生于四川营山。

赵目珍的诗

还乡

暴雨从黑夜中来。但我仿佛听到
另一种声音

灿烂的星空，在闪现之后遭遇围困
而美丽的苍穹终将再现
还乡的归途，更加清晰

其实，对于故乡的极境
我早已一无所知
除了遥想之外，情感的侵袭
已如鬓角的斑白，让人难以承受

我将如何剥离这羁旅之中难得的孤寂呢
世事茫茫，而万物倍加明亮

暮归

怎么会有这样的感受
残阳突袭而去
在一千层暮色中回归
我如得劫后余生

苍茫的来势依然凶猛
天空很高
本来与众生无关
此时却仿佛关乎我的生命

风消失于无形
群山被压得越来越瘦硬
这深奥而且丰满的归程
让人无法掌控

我突然幻想起我的祖先
它们时常在树上翻腾
它们经常对着神和大山说话
它们渴望能握住自己的命运

沉默以后

沉默以后
摸着解禁的语词过河
拆桥的人躲了起来
我只能得到一个
充满了隐喻
但却自足的宇宙

沉默以后
是半睡半醒的状态
此刻，我的眼睛朝向上天

心境存于大地
有一种鸟儿，它的声音
带着特殊的虚幻性

沉默以后
我抽丝织锦
你问：如何收拾残局？
我哑然不语
只见群山奔走
荒凉的风景从天上掉下来

归途

群山群树逐渐从光阴中退去
一只飞鸿没入旷野的边缘

当所有的声音沉浸下来
有大风吹拂过静美的秋天

赵目珍，男，汉族，1981 年 9 月生，山东郓城人。毕业于华中师范大学中文系，文学博士。北京大学中文系访问学者、青年诗人、批评家。著有诗集《外物》。曾获“第三条道”路八年（1999-2007）诗歌奖、2016 年度第一朗读者·最佳诗人奖，入围 2015 年“华文青年诗人奖”等。现为深圳职业技术学院人文学院副教授。

左安军的诗

在长城

群山从四月暴乱的森林夺回那把绿色宝座
交到我手上，我坐上去，成为风的君王
和流水的骑士，我骑着轰隆隆的马匹游到
蓝色铜镜的另一岸
我奋力握住雨水腐蚀的缰绳向上攀登
乱臣贼子从背后射出无数闪光之箭
鸟儿在太阳的金銮殿里不事朝政
边塞游牧民族自带干粮长途跋涉为我进贡
在帝国的黄昏时刻，谁料闪电的进攻
已突破天空的牢笼。炊烟喷涌
士兵们自瞭望台掀下滚石巨木
敌人撤退了，将军们站在城墙外面为死亡鼓掌
只是大地那结痂的伤疤怎么也无法痊愈

父亲的诗篇

二十五岁，尚未成家立室
我站在没有故乡的大地上
随地铁的晃动穿过城市的每一栋高楼
父亲责备我一再违背他的意愿
他责备我只有母亲没有父亲

十九岁，我们把座位让给陌生人
他把我送进一所绿树成荫的大学
又在下午匆匆赶车回家
十五岁时，哥哥进入一面蓝色的镜子
他说他已没有这个儿子
四年后他才隔着玻璃和哥哥通话
十二岁，我们一家安安稳稳
尽管我是个差学生
四岁时他说要用背篓把我背到
五公里外的地方和他去上课，但被我拒绝了
两岁，我无忧无虑
骑在父亲的肩上，云游四方
现在父亲头发稀疏，两眼疲惫
我却不能代替他老去
有一些父亲在我体内尘封但我们素未谋面
作为他们的遗物我将被重新分配
我的孩子尚未出生而我业已衰老
父亲早出晚归，周末无偿加班
他说他属于他脚下的土地
我们很少通话但时常挂念
他站在小学二楼的走廊上，望着对面的山
他想起我，他不说话

时间把所有的重量压在我身上

时间把所有的重量压在我身上
我喘息，摇摇晃晃的影子像螺母丢失的

脚手架，从高空中轰然倒塌
母亲教会我如何用生锈的镰刀
把漫山遍野的秋天带回农舍
踏进成年的教室，我埋头瞥见父亲像他手中的粉笔
越写越少，但我什么都没有学到
因此，父亲，请你不要责备我
庄稼年年倒伏，暴雨无法解除河水的渴
我走得越远，离你们就越近
我作为一份遗产，你们的姓名从页脚签到页眉
爱情的风，已把我吹向四海
我站在森林的旷野中，任星辰明灭
那灵魂的探测器、心灵的接收机
在罗盘上射出反光，在无声的旋转中
照见事物的本来面目
那假寐的钟表在清点我内心的恐惧
叫喊像一辆呼啸而过的救护车，穿过美容院
为时间减肥
在身体里困得太久，喔，神秘工匠
请借给我那枚飞翔的钥匙
让夜莺重返天空，河流回到源头

夜晚的请柬

十二月，星星们都已靠岸
我打开昨晚丢下的稿子
从梦中溢出的泪已被寒冷
译成坚冰，我围着火炉

学习沉默的艺术，火焰用蓝色的音调
把壶中的水，译成蒸汽
在火的激情中，硫黄突破了煤的桎梏
我喝下了水的结晶
当狂风从窗户送来嗖嗖请柬
我应邀走出房间，默读天空的辞典
我看见那无数种闪闪发光的语言深处
只有一种共同的本源：在昼与夜的浅滩上
星星们驾着小船排队返航

左安军，1991年生，黔西北穿青人。毕业于四川大学，曾发起创办民刊《途中》，现主编该刊。作品散见《诗刊》《星星》《诗江南》《中国诗歌》《散文诗》等杂志，入选《21世纪贵州诗歌档案》（2）《中国诗歌2013年度诗选》《青年诗歌年鉴（2015年卷）》等选本。著有诗集《第三人称的我》。

卢悦宁的诗

生日日记

一个看着还算顺眼的日期
没有使我更加幸运
也没有使我更加不幸。
总是乏善可陈的一天，多年来
祝贺我又嘲弄我。
体内藏着一个不说话的孩子
总是不合时宜地任性
其他时候，又是乖巧又是自觉。
很多次，我下了狠心
仍旧无法将她完全驱逐
却也不知该拿什么安慰自己。
生日过后，养一株水生植物
将从未施予自己的喜爱
施予它
将从没给过自己的娇纵
全给它
愿它人畜无害，无处惹尘埃
愿它保持天赋般的美好和苍白。

葬花

沁芳闸的桃花落尽

她葬花的动作也慢了下来
总是在极静极悔之后，方知冷暖
须得有妙词通戏语
她才能了悟因果
或悲或喜，都要身临其境。

都是宿命。她感觉
自己就像一朵不合时宜的花
可生可死，可守可弃
如今已箭在弦上
也可在自怜自恋中
完成自我毁灭。

五月初五

锣鼓鸣响后你才抬头注目
远处。你所熟悉的南湖，龙舟竞渡
你所熟悉的人群，每张脸都如此欢欣
却不知道感动

你应该了解雄黄、菖蒲、艾叶
了解屈原的浪漫与脾气
你应该多吃几个粽子
像粽子那样保持表面的甜糯
与平和。你应该为每个节日稍稍放纵
至少有所期待。至少
你应该浮起来

可你坐在湖边无法站起。阳光过于毒辣
还是过于稀薄。你是即将中暑
还是因为别的感到虚弱

浮生五记

渐渐慎独，刻意
只看到蔬菜的好处
丝毫不考虑自己是肉食性动物。
渐渐聚积起耐心
在拥挤的人群中侧身而过
假想的圣人幽居体内。
渐渐对往事上心，勤于家务
渐渐臃肿，但必须保持韧带柔软身姿轻盈
以最快的速度直抵七楼，或者
谁也不会向往的，拒人千里的禁地。
渐渐敏感于一些根本问题
丢失过睡眠、呼吸、记忆、手势、皮屑
也尝试着丢弃执念、信仰、热情、白日梦、谎言
渐渐通过各种方式试探自己的可靠程度
确保不会被过多的后悔过多地牵连。

卢悦宁，女，1987年生，广西作家协会会员、南宁市作家协会副秘书长、鲁迅文学院第五届西南六省（区、市）青年作家培训班学员。2006年获第八届全国“新概念作文大赛”一等奖。作品散见于《中国诗歌》《青年文学》《山花》《萌芽》《诗歌月刊》等。

胡粤泉的诗

疼痛

溪水的一阵剧痛
缘于悬崖的一次
腰斩示众
瀑布一声长长地怒吼
令森林肃立草木色变

雨帘

乌云，织一张灰蒙蒙的
雨帘，在天地间
谁，在垂帘听政?
雨帘后是太阳还是月亮?
云朵来回擦啊擦
擦不净天空的是是非非

斑鸠叫

斑鸠在春天的晨雾中叫
斑鸠在树林的青翠中叫
不！是在我的梦里叫，在我心里叫
叫醒蛰伏在我睡眠里的

青葱故乡！

仰望……

我在潭底仰望
从天而降的瀑布
为它磅礴的气势震慑
为它高亢的歌声折服
攀上岩顶，看到一条
温柔流淌、轻步曼舞的溪水：
绝境，让柔弱的水站起来了！

月亮船

月亮弯弯像小船
我俩刚好坐上面
星星萤火殷勤来祝愿
银河水声哗哗奏乐
我俩荡着秋千
魂儿荡远天
云朵飘来如羊群
依偎在身边……

胡粤泉，女，1987 年生于江西井冈山。中国散文家协会会员、江西省作家协会会员，作品曾发表于《人民日报》《文艺报》《诗刊》《诗词国际》《理论与创作》等刊物，有 200 余篇（首）。现任吉安市吉州区委宣传部《吉州报》编辑。

陌峪的诗

失乐园（组诗）

轻

飞翔或许重了些
远处的天空
与生命线相交的
灰色的云
我们善于对自己说谎
善于
从意外中挑拣
过分温暖的说辞

面目全非的人
为了得到太阳的爱
开始奔跑
以卵击石

遥远

我们从不交谈
我爱的那些黑色
那些被否定多次的
神秘的象征

它握住我的心跳
与我体内相似的风跳舞
那些旋转的、坠落的
都像我们的秘密

水色

我无法分出更多的爱
日光很好
笑容也很好
你是站在湖中心的人
而我眷恋湖底
我爱你的时候
只爱你
不爱的时候
和你有关的人和物
都会变得陌生

前奏

你爱这深沉的音符吗
她裸露的悲伤
刺骨的、激烈的
你都翻阅过了
这一次
你试图轻快起来

糖果、积木和心形巧克力
你像个孩子
在柔软的肋骨里
一次次哭泣
在日光醒来时
原谅又一次的沉默

无字塔

没有你的消息
街道、大雪、扫墓人
我们承受的
已经太多了
如果谎言可以填满假相
山峰也一样美好
我愿意回到矮小
从未知出发

陌峪，原名刘诗笛，女，汉族，1991 年 5 月 31 日出生于湖北襄阳，湖北省作协会员。在《诗歌月刊》《中国诗歌》《诗歌风赏》《延河》《中国水墨》等刊物发表诗歌近 200 首。诗歌入选《湖北诗歌现场（2013 年卷）》《青年诗歌年鉴（2015 年卷）》等，出版诗集《彼岸花开》。

严琼丽的诗

谷底的凤凰（组诗节选）

三、洞口的碎石头

我顺手捡起一块
流水旁的它们，相互挤兑
相互磨去彼此的棱角
如果不是我拾起它们的同伴
砸向它们
如果不是同伴以不残的躯体去撞击它们
再睡一千年，它们还是在流水旁相互挤兑

四、栈道

我想抱着个坛子
坛子里装着我喝过的所有水
木头继续木头的命
坛子里水，是我以前的命
我抱着它，我一步它一步
我稳它稳
我滑一下，它滑一下
我不小心摔一跤
它就顺着绿色的阶梯
淌着下去

淌着下去
淌着就下去了
再也没有回头的机会

五、小桥

跳起来就摸到叶子的轮廓
凤凰谷谷底没有四季，葱郁的山
挪到一起，环抱成一团
山，谷周围的山
手臂与肩膀蜕化
风、雨、雷、电
眷顾着谷底的一动一静
桥，架空了我的前世今生
我在桥上跳一下
风就打一个转
我在桥上往桥的尽头看
众多山的手臂都伸向了我

七、凤凰于飞

囚于何处，何处便是淬火之池
凤凰在洞顶嘶吼、迂回
我在洞底踌躇
凤凰展翅，云霄不过九层
人间，正逢深秋

八、女儿湖

湖面碧得像叶子炸出的血
湖面平得丢一面镜子进去
镜子还是平整的
船驶到湖中央
我就着湖中央的水，洗净了爸爸挑了一辈子的粪箕
爸爸，女儿没有湖
就着“女儿湖”，还你一个好家乡
来世，你如果继续犁田扛耙
我也尾随你施肥割草

严琼丽，笔名一粒沙，汉族，1994年3月生于云南师宗，现就读于云南财经大学中华职业学院。2014年开始写诗，有作品发表于《诗刊》《文学天地》《中国诗歌》《珠江源》《新诗维》《曲靖日报》等，有作品入选《2017中国新诗日历》《当代大学生诗选》，获“青山书院杯”第五届中国校园“双十佳”诗歌大赛提名奖、第三届北京文艺网国际诗歌提名奖。

陈雨吟的诗

惊飞

和灌木一样，你独爱群居
那扑腾略带层次，像由远而近的晴空
土质顿时松软。你用声波盖住脸
让薄荷与沙砾在舌尖撕咬
它们有足够的重力，抵御龋齿
在荒草回峦。从生摩擦
落红。风侵蚀砂砾的遗孤
如你。起落回环
划出世间的路

面向一堆黄土

云舌探向麻雀起飞的默契
我却无法捕获，跟狗儿一起
窜过去的故乡成了哪一科遗骸
草本无情。草本落下向土
土是所有事情的归宿
比如根，比如坟
根须随阳生长。而坟上的草色
并未因风而变暖
于是黄土的干涩是被动的
钙结核凸成丘，凹成坡

仿佛一群嗷嗷待哺的图书
它在扔给我等价的悲苦
也好。生来就是要完成交换
或生死，或爱恨

迷惑

如果没有汉字
我无法活下去
她给予我四声、变调，以及儿化
那抓狂的忍耐和决心
她给予我偏旁、表意
那讽喻和象征，以及
无从表述的自我

迷路

我没有祖辈，只想回到冬日，我出生的丑时
像词语最终会回到诗
我没有把身体献给谁，心也是
我是雪里的罪人。吻你唇边的月
看不清我的泪。你沿着血液的走向，将行程单挤出的雨水
饮下。我湿润得，如说不出的爱
一只权贵的木偶，玩弄我的野心
丢下光。阴影，那是我给自己留下的备胎
就像活着，不喜欢又如何

跨年

释放，是一种美德，树木释放枯黄，琴键释放乐章
像白山下长出的肉身，雪一般洒满天下
然后在黑水里，照亮流浪的路
回乡，回乡，竟和夜里的睡眠一样艰难
手稿凌乱，工资条愤愤不平
该热爱我们所有的拥有？包括那些丢弃的事物
长期意淫于汉语，却从未有过高潮，像一个爱无能的侏儒
新年里，我祈求死亡，这世界唯一永恒的方式
寂然的冬，野猫窜来的诗，是我唯一柔和的眼神
像个孩子一样，我染上了孤独

陈雨吟，女，汉族，1994 年 2 月出生，浙江传媒学院学生，居住地浙江杭州。在校期间获十九届广厦传媒奖校外奖，美术作品获全国“希望星”杯美术二等奖。诗歌曾多次发表在《诗刊》《诗江南》等刊物。诗歌曾入选《2013 年中国新诗排行榜》《2014 年中国新诗排行榜》《2015 年中国新诗排行榜》《国际汉语诗歌》《青年诗歌年鉴（2015 卷）》等。

余元英的诗

秘密

有秘密的人黑夜一定比白天多
影子一定比身体长
光明承载不起秘密的重量
只能让一些人佝偻着腰

秘密是块巨大的磁铁
再厚的墙体都能吸引无数只耳朵
一旦有只言片语，秘密就成了蒲公英
——满天飞

不要问我如何隐藏秘密
在风起的时刻
我只能守口如瓶

怕黑的人站在最深的黑处

月光是丘比特的金头神箭
每射中一方就明亮一方
救赎一方

那些敢在深夜行走的人
都是被月光宠着

被爱人疼着的人

否则，怎会像我这个怕黑的人
永远站在最深的黑处

高原的夜静若忍住的呼吸

咕咚，咕咚
泡菜坛子的呼吸把幽会的月亮
一个吓跑到天上，一个落入海子
于是，高原的夜又恢复了宁静

风遇到风只需要用暗语
这里离天太近
阻止牛群啃食星星是它们共同的目的

在高原，不敢睡得太沉的人
内心一定装有太多小秘密
你看，月光的皎洁都照不进他的梦境

悬挂着的冰凌是未曾说出的话语

所有的话语一定要在冬天来临之前说完
夜晚，迅速降下的温度会冻结瀑布、鸟鸣
以及话语的真实

白天，冬日的阳光喜欢恶作剧
将隐藏在冰凌里关于爱的或者恨的
关于他的或者不关于他的都逐渐清晰

我怕我的秘密被夜晚冰封
趁夜未来之前
迅速向认识我的和不认识我的人说了一句
我爱你

余元英，女，90后。作品散见于《四川文学》《星星》《天津诗人》等刊物；有作品入选《2014年中国新诗排行榜》《2014年中国散文诗精选》《2015年中国新诗排行榜》。

熊曼的诗

意外

一棵树最好的样子
是在春天发芽、开花
香气是一种意外
从树下走过的人闻到了
是一种意外

闻到的人，萌生出一些念头
好的或者坏的，是一种意外
树不关心这些，它专心地开花
它开花的样子多么美

农妇的哲学

马铃薯、山药、花生、芋头
这些埋在土里的
是可信赖的

西红柿、草莓、完好无损的青菜
这些露在外面的
是值得怀疑的

她说，美好的事物

一开始是黯淡的
它们终年在低处
闪烁着泥土的本色

喜悦

早春的一天
我从外面回来
细雨落在眉毛和裸露的脖颈上
冰凉冰凉
仿佛在敲打昨日死去的部分
有什么就要醒来了
一些紫色小花从地表钻出来
那样细微的喜悦，要走近才会发觉
另外一些，从黝黑的枝干上冒出来
一朵追着另一朵
一朵压在另一朵的身上
放浪形骸的样子
将喜悦又放大了一些

田野颂

春笋、荠菜、香椿……
这些来自田野的馈赠
肥嫩，自生自灭，被粗暴的手采摘
是它们的

打量、挑选、讨价还价
是我们的
摊贩赔着笑脸
但不愿意贱卖
对于生活，我们都觉得委屈
暗中握紧的拳头
又松开

现在，它们被带回家
被水煮、油焖、爆炒
被端上餐桌
被我们吞下
仿佛吞下雨水、惊蛰和清明
这多么好
我们拍着肚皮发出了愉悦的叹息

熊曼，1986年生，现居武汉；有诗歌发表于《诗刊》《星星》《诗选刊》《青年作家》《长江文艺》《广西文学》等，并入选《2016年中国诗歌精选》《2016中国诗歌年选》《2016中国年度好诗三百首》等。著有诗集《草色袭人》。

金小杰的诗

在长乐小学

这片土地盛产大块的石头
像当地的男人，方方正正
下车、问路，横穿整个村庄
目的地是村头一所小学，红砖、矮墙
学校正在放假，没有孩子
从村南到村北，路瘦成一根鱼脊
我站在破旧的校门口，打量
下半辈子的江山
没有自习室、阅览室、图书室
野花开遍整个操场
一个女孩怯怯地喊着“老师”
像一把钥匙，所有的风都调转了方向
阳光很好、风很轻，草穗正在结籽
一根粉笔，正躺在我的讲桌上

被全世界抛弃

所有人都在开着玩笑，只有我一个人当了真
风刮过干干净净的天空，只留下一句：对不起
如果道歉能够挽回错误，这世间
怎么还会有那么多的支离破碎
今夜，被全世界抛弃。所有的嘲笑都面向我

这个深情不减的女子，千疮百孔还未放过自己
让后半生的雨下个痛快吧，我不用你
去施舍、去同情、去可怜、去欺人，然后自欺
我亲手扼住这颗奄奄一息的心，不想让它复活，只想让它窒息
八月的风冷成刀子，一下下，剔除我那知冷知热的血肉
从今以后，我感受不到冷暖，亦不知晓苦痛

相亲

像案板上的一块肉
标明价格、产地
卖肉的人提刀而来
当腰、五花、后肘、臀尖……
分门别类，一目了然
姑娘们躺在这里
害怕卖不出去
又害怕卖得太过便宜

聊天

——致朱光明

我躲进山区小学，你逃往四川成都
都一样的胆小，在盛大的人流中反复拷问自己
写诗？还是讨生活？季风雨带不停推进
声势浩大的扫荡，把彼此淋到透湿
今夜，隔着几千里的山山水水，你又一次告诉我

想回大巴山，种地、养猪，再不成占山为王
突然扯开嗓子唱当地的民歌
像在喊山，歇斯底里
却怎么也惊不飞山间夜宿的林鸟
也只有我知道
你的对面，根本没有山脉起伏
只有一堵墙和一部正在通话的手机

金小杰，女，1992 年生于山东青岛，现就职于山东省平度市大泽山镇长乐小学，教书、写诗。曾参加山东第二届青年诗会、2016《中国诗歌》“新发现”诗歌夏令营、首届中国乡村诗歌高峰论坛等活动。作品散见于《中国诗歌》《时代文学》《山东文学》等刊物。

吴雨伦的诗

北师大游泳馆的老太太

学校游泳馆
由一个脾气暴虐
乖戾的老太太负责
65 岁上下
刷卡的时候
我们尽量不看她的脸
但也难免摩擦

有时我会怀疑
这个令人发指的老太太
就是杀死老舍的凶手
至少是凶手之一
五十年前
伫立在殴打老舍的队伍中
在太平湖旁
目送老舍坠入湖里

如今在游泳池旁
目送我们跳入池中

在满洲里海关大楼上看到的俄罗斯

毫无俄罗斯痕迹
那个陀思妥耶夫斯基的故乡
苏维埃帝国之后尘
在漫长的中俄边界的对面
黄种人和白种人看守的海关之外
是一望无际的草原
和毫无生机的城市
也无任何军事情报可言
大街上空无一人
只有一辆卡车开动
司机可能是一位俄国人

在国境线的另一边
——在我的身后
无数游客拥向边境线
众多山寨俄式建筑拔地而起
颜色靓丽
俄餐馆的厨师们
尽情施展他们的模仿工艺
来自俄国的年轻服务员们
把中国人做的俄餐
端给客人
一个巨大的套娃在城市中矗立
臃肿的身躯在朝向俄罗斯
面带微笑

无题

我要像赞美人民一样
赞美人民的高铁火车头

在大雪降临
漆黑
极寒之夜里
从远处驶来
巨大轰鸣
像一头被点燃的
发情的公牛
愤怒叫喊

在一家咖啡馆的墙壁上看到的电影海报

罗马
被写在一个女人的裙摆上
顶天立地的健壮女人
脸颊泛红
双手叉腰
黑色上衣
身材占满整张海报
只露出一点暗红色的天空
和黑色的云
眼睛装下整个意大利
导演把名字写在她的胸口

五月十四日梦

我与一支登山队
几天地跋涉
即将登上大山之巅
在胜利之前的
最后一面山坡下
太阳出现在山头的正上方
天空一片湛蓝
土地被照成金黄色

那真是一片极美之景
我拿起脖子下的相机
对准那轮红日
企图拍下点什么

可太阳突然熄灭
像一盏灯
天空也变成了黑夜
山头只剩下轮廓

吴雨伦，男，1995 年 11 月 6 日生于西安，北京师范大学艺术与传媒学院电影学专业 2014 级学生。曾获全国中学生散文写作大赛一等奖、第六届包商银行杯全国高校征文诗歌优秀奖。在《诗刊》《青年文学》《诗潮》《延河》《读诗》《新大陆》等刊物发表诗作，作品被译成德、韩、英等文字，当选《新世纪诗典》2015 年度“十大魅力诗人”。

第二辑　华北地区青年诗人

曾子芙的诗

狭的笼

黄昏时我们驾着车飞驰在西部荒凉的国道上
火烧云染紫了西边的边界
一只金色的大鸟从边界的边界飞来

在狭窄的汽车里
温度、粉尘、空气、声音、沉默的瞬间
一道光再不能掉落到地上

我们被困在了一座狭窄的笼子里
我们在哪里?
我们在哪里?
带着最热切和恐惧的表情开始挣扎

坐在最前端的司机开始怒吼
开始撞击着玻璃、踢打车门、撕扯座椅
那僵硬的目光、挥动的双手、扭动的身躯
一连串的动作、嘶吼的音色，有某种绝望

顷刻间，远天地平线上开出一蓬孔雀绿的流星
它飞速地向无垠蓝天的边界的边界奔去

遗憾

我忘了大部分和你在一起所发生的事情
像是看过的一场盛大无比的烟火
每一个在夜空里绽放出的光点
都停留成细碎的离子粒，融化在眼睛里
美好、盛大
最后都失去支撑，瘫软了一地

烟火噼里啪啦。
如神经元和神经元之间电流迅速通过
瞬间就能嗅到的悲伤的味道
仿佛要在它消失之前
都始终同我相依为命一般
最终在青草织成的席子上昏昏入睡

把读到一半的书打开又合起
把刚打开的电脑关掉，没必要知道结局了。
抱歉，我真的什么都做不到
对此我感到难过而又悲伤

你

我曾在等公交的站台边观察过很多陌生人。
来来回回涂改着一张卡片的小学生，字迹歪斜。
穿着长裙、撑着绿伞，手里拿着冰奶茶的她。
一个人霸占着一整条椅子的旅行者

往往带着某种心安理得的表情安逸地躺在那里。

我总是习惯给陌生人套上我认识的人的轮廓。
那每个人就都成了我熟悉的人。
他的眉眼、她的微笑、他的动作、她的手势
其实都是你。

曾子芙，女，90后，现为首都师范大学学生。诗作入选《每日一诗（2017年卷）》等选本。

阿步的诗

失踪的白马

镜子中的那双红眼睛
没有看到曾经的那匹白马

它失踪了。在这个人醉酒的夜晚
只留下半槽未吃的干草

天刚亮，一夜的雪全铺在地上
所有的路都没有了去向
也看不到白马的蹄印

他坐到窗前的方桌旁
哼唱起白马最喜欢听的曲子

一截木头

这截木头在早晨的阳光里
也湿漉漉的
它被废弃在这里很久了
旁边的一些杂草
长势愈来愈好
这个秋天过后
肯定会落下更多草籽

来年它们也会更加茂密
而这截木头
这截废木头
可能没有哪个木匠能看上它了
它可能将一直在这里度过余生
现在它还没有腐烂，它的纹路
还依旧清晰
依旧藏有最初的清香

玉兰

他们围着一棵树
拍他们能拍到的每一片叶子
每一朵花

在他们眼中，这棵玉兰
和别的玉兰不一样
每一片叶子
每一朵花都不一样

他们都觉得自己发现了什么秘密
这个秘密和别人发现的也不一样

而每一棵玉兰树都一样地站在大地上
一样地孤独着

阿步，又名纳阁阿步，原名李民，80后，河北沧县人。文字散见于《人民文学》《青年作家》等刊物。诗歌入选多种选本。曾获第三届万松浦文学新人奖。

白志伟的诗

漂泊

眉月与长庚相伴
透过清晨的一缕晨曦
看到蛰伏雾霾中的朝阳
微弱的清晖 软弱无力

敲碎时间的漏鼓
尽收心底夙愿
倾听着灵魂的呼吸声
广袤无垠的草原
一点点 一丝丝
流进回忆

远方的蜃楼
住进我们的心房
现实的魔鬼
顷刻间 吹散了
一切的一切

川流不息的街道
嘈杂的声响
漫长而又短暂的人生
故都的冬
又一次撕扯着每一个漂泊的梦

白志伟，男，1981 年生，现居北京海淀，中国诗歌学会会员。曾获《中华文学》2015 年度优秀诗人奖、《中华文学》2016 年度诗歌比赛三等奖等。

佛灯的诗

习惯

我习惯于写二〇一五
习惯还活在二〇一五
今天你们都告知我错了
报纸、广播、电视
你们没有告诉我
没有告诉我她不见了
我习惯于她还活着
习惯还活在二〇一五

群众演员

那一年我在阿房宫
作为一名文臣
立在秦二世脚下听李斯谏言
随大流，喊口号。

电视剧出来后
发现我的镜头被剪了。
那时读大三，
现在我是一位父亲。

后来得知李斯被腰斩
已有两千多年。

佛灯，本名李强，男，汉族。1985年10月生，山西大同人。主编民刊《大瞳》，微信公众号《诗推荐》。心理咨询师、英语老师。文字散见于《诗潮》等期刊，有作品入编《青年诗歌年鉴》《群岛诗年卷》等选本。

郭紫莹的诗

读面术

他们在两张隔着封面的扉页上阅读
他们在图书馆落灰的架子背面陈列
他们在椅子钢筋支撑与柔软坐垫之间挤压

他们开始相爱，变成柔软流出的火焰
他们各自为政，开始占有者的暴乱
他们恍然记得的确有人在凝视

他们用指甲画出书签的形状，
他们忍受着疼痛，用这种方式积累熟悉的回信
他们用冬天圣诞树的枯枝，做成心脏支架
——等待火山的循环，草莓果酱的味道
他们很久都没尝过。

父亲的病历

父亲的病历本上，潦草的字迹
高血压、高血糖、高血脂
他在忧愁的皱纹里挤出一句嘲笑
高一点也是幸福的
倘若自己的身高也能超标的话

我才是应该写在他病历首页的隐喻
我是他脊背上的肿胀
是他佝偻远行的手杖

郭紫莹，女，汉，生于 1995 年，首都师范大学本科在读。黑龙江省作家协会会员、黑龙江省散文诗学会会员、哈尔滨市作家协会会员。

其作品曾在《诗刊》《山东文学》《当代小说》《诗歌风尚》《中国文学》《诗林》《山风》《北方文学》等刊物发表。曾出版两部诗文集《恰同学少年》《正逢高中时》。

何兰伟的诗

炉火

当我在炉子旁写下，火焰
一个清贫的家便因此拥有温暖

多少年了，日渐成熟的我
还是无法擦去父亲那满头的霜白

在这寒风吹痛双眼的季节里
多么羡慕炉中那股轰轰烈烈的火焰

要么燃烧，要么熄灭

抡起巴掌扇自己耳光的女人

这个冬天没有下雪，结冰
仿佛成为人心与人心间的事情

嘴里说着不冷、不冷
关节炎依旧如期而至

抡起巴掌却扇在了自己的脸上
是她欠这个世界太多了吗？

这个神志不清的女人，存活于世
78 年了，却要在一个月里葬夫丧子

姥姥，没有人会在意这些的
除了那几个重外孙的哭声

一个女人身上的屈辱，酝酿多久
才能作为这冬日里寒冷的见证

城

这里有高楼、跑车、霓虹灯
异于儿时的瓦房、牛车、手电筒

酒吧里的音响，轻易便将一场梦的耳朵
在杯弓箭影里撕裂或是震聋

我想说的是那一场梦
在家乡与异乡之间徘徊了数次

当它真实得像今晚的月亮
我依然丈量不出它的大小

何兰伟，南边文艺第三届签约作家，生于 1996 年，祖籍山西省原平市，现就读于太原科技大学。作品散见于《忻州日报》《西部文学》《甘肃文学》等。曾获 2016 年红门书院杯全国爱情诗歌大赛优秀奖、南边文艺全国青年写作大赛优秀奖、南风杯全国诗歌大赛二等奖、全国大学生国庆征文大赛优秀奖。

刘新源的诗

旅人

深夜想念一个不知名的旅人
她在我面前，她背对太阳
下午五点的光线
穿过
她有些油腻的发梢
我却清晰看到她的眼神
里面是些许的年岁与伤痕

火车咔嚓咔嚓很烦躁地
向前运行
在进入山洞之前
我们对视了两秒

孤单

“孤单”是一个遭人唾弃的
过时的词
我路过一场灾难
路过一片花海
我路过千山万水
路过千言万语

用这些过时的语汇
搭建最沉默的
谜面
看到有个人
把一张微笑姑娘的老照片
揣在上衣内侧口袋
走向了太阳将要落下的方向

刘新源，1990 年 5 月 12 日出生，山东枣庄人，诗人、外交官，现在中国人民外交学会工作，曾出版诗集《冷天》。

蔡诚的诗

回答

从老区走来的你，在北京
住在城中村，生命和光
这么多年，从不曾跟上世界
日子的回声，除了换不来钱的诗
除了旧书，就是一间破屋子
你重新活过吗，我听到好心人
眼睛生出冷焰，还是回去吧
在故乡，你的天下不比北京更小

没有土地，哪里也没有
像根羽毛飘荡在天际，我
仍然幸福，徜徉精神的小溪
无人打扰，这另一支人生短歌
够了，我已和苍穹一样真实安宁

好书

好书，不会发出声音
却诱使我高兴、唏嘘或尖叫

好书，不只是字的集合
层层排列，向我展示了感观的盛宴

读书的时刻，不管饥渴、寂寞
书的影子都能真实地覆盖我

十二行

有日出的时候，每天
我都要看看，不是在窗前
就在路上。我常常担心
太多糟糕的雾霾，夜的尽头
她不会来。她真的很脆弱
我的日记里，上个月
我们才见了十次面，每次
这最值得赞美的闪耀，在高处
看着我默念诗歌。尘世如此贫乏
我们的光与影，我必须珍藏
一个美丽日子的开始，我知道
我越老，我们一起的日子越来越少

蔡诚，又名江河、蔡我的等，80后，生于江西。北漂者、诗人。曾为志愿者、推销者、记者等。中国当代文学研究会会员。已在各类报刊发表百余万字作品，有多篇诗文入选各种选本中。另有作品集《北漂故事集》《流浪者诗选》《无题集》等。

崔勇的诗

我觉醒在黎明之前

终于又一次觉醒在黎明之前，
用赫拉克利特的神经，
分辨哪一路通往下一条河流！

我们错了，
那山上的普罗米修斯，
宙斯的原则只存在他的心中。

今夜是灰白色的撒哈拉，
三毛的脚印，从未将激流岛的斧头踏烂，
激情与爱情，只不过是不同年龄的玩伴！

那幼稚的生活不如一条蛇，
吓坏了杯中的影，
不知你已没在石棱中，畅饮！

今晨啊，铁树开了花，
亚洲铜和大堰河，是我的保姆。
灶台上的蜘蛛网，
从不会卧轨自杀！

一棵树的哭泣

一棵树的哭泣，在树荫下，
在人海中，在天地间。

那不属于它的欢笑，
讽刺着来往的行人，
那不属于它的步伐，
践踏着生硬的土地。

一棵树的哭泣，
缥缈伴着余音，
伴着琐碎的，
白皙的，
人类的神经。

崔勇，1990 年 1 月生，《意林》杂志社工作。

天岚的诗

浮世

地球窗明几净
人寰有微尘

舞者问天长歌
小蚁低首梦游

我相信万物有灵
或隐，或现

香火倏然过半
将明、将暗

我只愿天有其道
叩者有其命

冬至

又一个冬至，我们错过最短的日照，承受最长的夜
我在草纸上匆匆记下散句，又丢进黑暗
冬至日，我们走尽四时，又将重返四时
谁在虚空里草草画下的圆圈竟如此完美，不容言说

合欢

石头、木头、铁、水、女人
我爱过的事物——苍老
在这安稳的星球
每一种元素皆是舍利
铁，锈蚀成灰
枯木暗地生发
我从哪一纪醒来
寄身泥胎，因爱而勇
也因爱而软弱
今时，人世已经宽阔
王道驾驭着光阴
天地赐我良缘
允我只身一人与万物合欢

天岚，本名刘秀峰。1982 年 3 月生，河北宣化人，汉族，男，中国作协会员、河北文学院签约作家。出版诗集《纸上虚言》《霜降尘世》《浮世记》。现居石家庄，供职于《河北画报》社。

霍虎勇的诗

永和印象

在这东山之上，可以俯瞰整个永和县城
风吹来的时候，扬起的黄土有时候会模糊我的眼睛
让这若隐若现的小城在眼眸中幻化出另一种别致的美
这种美让我几近错觉，并在骨头里缓慢地生长出家的模样

这里的山水草木似乎一直都没有变，总像是等待一些不能归乡的人
等待着重逢，等待着拥抱、亲吻，等待着日日夜夜梦归故园的灵魂
这里的一切像是血液，他让我无论在新加坡还是香港，又或者海口、北京
心总是悬挂着，找不见根须、找不见落脚点、找不见方向亦找不见位置

不要疑问，为何我总想着回来
——因为没有比家乡更温暖的土地，没有比故园更心安的堡垒，没有比脚下更厚重的慈悲
只有站在这里的时候，我才敢确信生活的全部精彩都在于好好活着
似这里的风、这里的雨、这里的泥土、这里的乡音和这里稳稳当当的谦卑

可我暂不能回来，年少轻狂的心和披荆斩棘的勇气正在路上冲锋
每个人都有自己的战场，枪声响起就只能向前，无论倒下还是继续亮剑
风又吹来，这一次没有扬起黄土，安静地在蓝天白云下拂过我的发梢
我又远远地望见了自己的院子、望见了熟悉的街道、望见了小城的全部模样

陀螺山上的夏天

大山的石头在阳光下总会发出五颜六色的光芒
仿佛每一个体温下都有无数个精彩的故事在闪耀
你只需坐在山头看悠然飘浮的云朵和坡下的羊群
所有的日子便都清汤寡水似的在大山与村庄之间流过

整个上午，山鸡、野鸡总像赶集似的从你身边匆忙飞过
——咯咯咕咕的叫声在山与山之间相互回音进而交杂出夏的浓烈
你会躺在青草之上看每一座山、问每一条河、想每一个未来可能的日子
然后静静地傻笑，静静地半闭上眼看五光十色的时间在视线之下渐渐模糊

后来，年少的心总想飞出这座大山，无论前方的路有多崎岖艰险
走远一点，再走远一点，赶紧远离炊烟袅袅、远离粗布短衣和布鞋
远离就是起飞、远离就是成功、远离就是人生最辉煌的开始，然后一直走
继续走，走进山川河流、走进车水马龙、走进人情冷暖、走进随处可见的谎言

回首的时候，故乡的身影已经很远，除了梦里模糊的轮廓和嘴里念念不休的乡音
碾子、石磨上的叫喊，长锄短镢牛拉车的农活都成了梦里一回回难以企及的奢望
外面的风总是很冷，一不小心就会透过骨头把灵魂最深处的坚固一阵阵摧毁消散
索性就回去吧，把路还给路，把远方交给远方，除了家乡的山山水水我都已不爱

霍虎勇，男，汉族，1989年6月生于山西省永和县，现居太原。著有《山楂树的春天》《世界最美的地方》《霍虎勇诗歌精选》等。

林子懿的诗

全羊

从东往西走，无终街拐上西马路
像遇到庄周或者尼采，林子懿指着左手边
一溜通天的晚霞说，那是一只全羊
可羊并不在那里

时值岁末，混沌未化的北风吹来
吹开皮裤、棉裤、秋裤，见到红裤衩
只管绕道而行，可他并不是一株病秧子

月光照亮了小路。大路，只被灯光照亮
夜里敲门的时候，不需要提防邻家的母狗
它在夜里，只是一块黑石头
所以不必着急，所以时间，还有的是

在进入那条，杀羊的胡同前，无终街
变成了一条大河，从西，向东流走
羊在嚼头发，并且是人类的头发，并且还
咽进了胃里，羊的胃，我们称作肚儿

理发店的生意，不足以支撑每顿饭菜
羊肉的价格，但羊肉，已经开始降价
羊年的尾声，店主的女人扶起一只
浑圆的肚子，但她的大儿子已经开始

偷拿父亲的避孕套，并且由门外
洗衣服用的大铝盆里盛放着的羊肚儿
联想到自己，乃至人类的命运

羊肚儿注满了水，鼓出盆面，乳白色的肚儿膜
与新扒下来的球胆相差不多
林子懿踢过球，扒开过三四只溜圆的球胆
但扒开一只羊，或一个女人的肚子
他并没有见过

大风吹，吹不走北斗七星，但是吹来万家灯火
于是店家的女主人，开始准备
略带膻味的晚餐，人间又多了一条烟火

从前是一对夫妻，而今，它们生死相离
从前的草不是黑色的，而草里的水分
就是天边，那白云的水分，白云的水分
就是河流的水分。羊皮整个被褪下来
像一块白云脏了，死在冬天的冻土之上
无人打理，这只是暂时的。林子懿看到
那里仍在冒着体温与血气

从前杀羊的人用快刀，十分敬业，神灵所鉴
而杀人的时候，却故意把刀子磨钝
八大臣之一肃顺，公元一八六一年
死于京城菜市口，肃顺的头
就是理发店外，这只公羊的头
而母羊的头，也就是那年养心殿东间

垂下的黄幔之内，慈禧太后的头

慈禧太后属羊，因而在民间，所有属羊的女人
都曾被深深地诅咒。然而这并不是真的
当假人说出某事物的缘由、真相
一个真人才敢总结一次，命中注定的因果

羊头半睁着羊眼，半露着羊牙，整齐、洁白
甚至可以说，表面有点光滑。那一个微笑的表情
是否就可以说，这是上帝的微笑？女主人的微笑
只是在每天顾客上门的时候，忽然浮起
旋即又消失。肚子里的二孩，可以毫不费力地
践踏她暗红色的宇宙

夜晚降临，不要把新砍下来的羊头，挂在门前
那棵无辜的香椿树上，它已经衰老
防不住任何事物。羚羊的行为其实是在效仿鸵鸟
那群不会飞翔的傻逼的，毕竟，它们住得很近
就像林子懿，和他已经持续了一年的
倒霉运气那样，可以握手交流

那棵香椿树已经隐去，当年栽它的人
此刻双双出现，在那座由昏暗转向明亮的
理发店里
饺子上桌了，是他们最爱吃的羊肉丸饺子
而他们的已经上了中学的大孙子
趁着忙乱，又一次偷偷洗掉了自己
红色内裤上，已经钙化了的精斑

他正处在本命年，像他这个年纪
在这样一个县城，应该还没有接触到
基督教里的《圣经》
所以他困惑，学校里、栏杆上
主内寻迷羊的小条子，到底说的是什么
可他一次次地想起自家门外，父亲杀羊的过程
脸盆里，羊血在给自己的眼睛上漆
一年又一年。十二年、十三年
他都怕膻，理解不了自己的爷爷奶奶，包括父亲
为什么对羊肉，那么着迷
他不吃羊肉，除非吃火锅，或者是烧烤
当晚霞流进他们家那条胡同的时候
他说他就成了一只，待宰的全羊
他就是属羊，他很难过。他对着林子懿说

燕之北

北京城，再往北走，像跳如来的手掌心
身后是高原，眼前却在燕山，而燕山之北
林子懿还不知道。这里人很多
孙大娘开始微笑，说起她的家事
说曾祖父、祖父、父亲，还有女眷，还有骡马
一条黑狗，以及鸡鸭，都在那里发生
发展着。山下是悬铃木若干，一而再地发芽
在阳光下稀释阴影，洗干净其中的肋骨
并再而三地，捏造出曾孙女

孙女，和悲伤的女儿。一个好女儿，就如孙大娘
她讲起父亲时低眉敛声。她身后的老座钟
已不再报时。虚度时日，打坐是清凉的
便和一瓶假花坐在那里。此刻，天正在下雨
而人在路上，被普世的欲望所淋湿。她讲到父亲
就讲他对她的担忧罢了，这是一种宁静
妈妈过早离去，而我还幼小，爸的阴影便是燕山
横在对面。当雨水把窗外，护栏上横搭着的铝片
啄得滴滴答答，越发通透的时候，听者的情绪
以及三里外，小公园深处的湖面
便开始千疮百孔，需要经受住下一次良心的抚平
虽然这常常是属于无意之举
酒后的失语、乱性，以及暴力，使得每一个夜晚
都变得难捱。我的阴影睡在墙上，墙是土坯子的墙
凿开的裂缝中，月光在给伤口涂药
后来，后来就是天明。公鸡叫了五遍
再往南去，来到通县的地盘
那里有一条河水恰好也在行走，河水奔腾不息
是为了去交流，而我是为了逃走。我知道
会一直向南。走过了通县、走过德州、走过聊城
翻上一座小山，前面，还有一座大山，走到维扬
相看醉舞倡楼月，香樟树的叶子
比杨树的叶子，略苦。而刘会计——
后来娶她的那个有点暴脾气的
眼角还有一处小痦子的老实人，是在新昌认识的
在此之前，尚需走过无锡、上海、上海金山
以及几千年来，不增不减的西湖
雨不是这么下的。从苏州，到镇江，再到淮安

到徐州、到济南、到天津武清
刘会计的女儿，来到北京城，遇雨
人在高原，还需要再往北一点，就是燕山了
工厂开在那里，地价便宜，一日管两顿饭
工厂外，便是杨树的叶子
它们比香樟树的要结实、要浓、要绿

林子懿，男，汉族，1991年2月24日出生于河北省玉田县，现居北京，工作于北京邮电大学。有诗歌被收入《西江有月正清圆》《河北青年诗典》《2015年中国诗歌精选》《2016年中国诗歌精选》《2017天天诗历》和《新世纪诗典》，其余作品散见《诗选刊》《星星》《诗刊》《青年作家》《诗林》《中华诗词》等杂志。出版诗集《红树山人》。

刘晗的诗

饥饿的感伤存在虚构基因

有时乡愁徒有虚名
如一根游丝
秘而不宣地
牵着肠、连着胃
直冲心脏

低血糖旅人在他乡
拉面碗里
有牛亦有草
晚霞层层垂暮下
也能嗅到五花肉的芬芳

行至人群拥挤处
情人们耳鬓厮磨
那甜言蜜语的接收器
仿佛包裹着香浓馅料的饺子
在洪水泛滥的雨季
漂浮于大街小巷

潮湿泥土中蜿蜒而出的蚯蚓
舀满一钵
无异于嚼劲筋道的米粉
回味悠长

所有味觉任凭虚幻和想象
因为那些刻骨铭心的气味
早已流入血管、深入骨髓
在炎炎夏日随高温蒸腾在肌肤纹理上
掺杂着旧时的思量

刘晗，生于1986年6月，女，汉族，现居北京，毕业于北京第二外国语学院，供职于中华书局。书评、影评、艺术评论见于各大媒体，在新浪·悦读汇、一点资讯开设个人专栏。曾获香港青年文学奖、北京大学生影评奖，入围台湾林语堂文学创作奖小说决选。

孙灵芝的诗

陌生的故乡

我像幽魂游荡在陌生的故乡
工业园的大合唱，高过我的鱼米之乡
青纱帐、芦苇荡
橹已停、舟已沉，在何处呢我摇过的兰桨

遍地都是工厂啊，遍地都是外乡
稻粱的呜咽，有越来越低的回响
化妆品厂、电子厂
羊毛衫厂、纺织厂，在何处呢我饮过的佳酿

最庄严的祠堂保佑着外乡的姓氏
曾经的小学校空空旷旷
棉花地、榆皮纸
桑已灭、蚕已亡，在何处呢我亲爱的海河滩

我走在宽阔的大道上
巴掌天空，新雨过后彩虹高悬
黑的瓦、白的墙
红的花、绿的树，在何处呢我长大的旧时光

短章

天是为什么哭的呢
他哭得这么悲伤
以致大地的酒窝儿也蓄满了泪珠

校园告示

校园告示恩赐了一种丰富性
寻找小羊的同学写着阿门
寻找试药者的研究队关心了众生
一百元十次课的古琴班
各种各样的比赛、国学讲座
SCI 培训班报名、中日韩法各国语言
这些涂着厚厚色彩的海报上
正能量的专家学者学习榜样笑得意味深长
告示板揭示的——
我们都是迷路者，我们都是病人
无论肉体还是精神，一群迷惘的大学生
活得醉生梦死毫不自由，我们需要被拯救

每一天，告示板都带着旧纸条，像孕育一次新伤
它等待的贴布告者，各怀心思
学生会新任各部负责人，在太阳下晾晒
中国各省的老乡会，发出聚餐的诱惑
有一次，我贴了一首诗——
作为给这个校园的圣诞礼物

一颗雪的阴影，忽然停留了一晚

我所理解的事物本身，可能不及它本身意义十之一

孙灵芝，1988年生，女，汉族，江苏如东人。现为北京中医药大学教师。有诗歌发表于《中国诗歌》《人民文学》《山花》《星星》等杂志，著有诗集《有时》。

陈佳的诗

敬畏

遥望大海
我看不到大海的边缘
激荡拍岸的浪花
那是我们生命的起源

凝视沙漠
我看不到沙漠的边缘
缥缈起伏的沙丘
存在又何止亿万年

仰视夜空
我看不到宇宙的边缘
在无穷浩瀚的星际中
你我只是一个瞬间

闭目凝思
黑暗遮住了我的双眼
再不见任何的“边缘”
“伟大”亦终归于自然

陈佳，男，汉族，籍贯山东，出生于1981年5月9日，居住在北京，目前就职于北京广安控股有限公司。

阿琪阿钰的诗

又一次在北方过春节

空中的烟花在天下绽放出五彩缤纷的花朵
所有的花朵都是昙花一现。只有爆炸震撼人心
每一次爆炸都像一个个鲜活的生命被无辜地结束
在上帝的怀里：全天下没有一个人是有罪的
只有时间永远被虚构地记录着死亡的年轮
只有铁轨是一条直线，我想你时是一条直线
开往夜郎国的火车再爬几座山也不会缺票
那些面值最小的人民一直陪我赎罪，陪我漂泊
伟大的人民终究要悠闲地和少数人睡在一起
他们在没有困意的时候，就出门救济他国的难民
那些生活在水深火热中的野猫还在偷窥着我的地盘
我的江山只有一条流浪狗和两只猫守卫
我是它们的王者。它们有爱，但不知烟花散尽后
所有的疼痛都将从故乡的山水和亲人开始
我要痛着我的痛，痛着母亲脸上越来越深的皱纹
从北方开往南方的火车在那里迷失了方向

在潮白河钓鱼

对岸有鱼，鱼在河北
此岸有鱼，鱼在京都

河里的鱼下了水
天上的鱼上了天

海里有鱼，鱼在深处
风中有鱼，鱼在远方

阿炳的鱼是一个下午的阳光
我的鱼是阳光下飘过的白云

非难诗歌

有时我半夜醒来，窗外暴雨不停
依然有夜行的死者结伴路过
我内忧外患地翻开书本里一些关于死者的汉字
他们在找寻灵魂的居所
有一些死者还活着
有一些死者彻底被掩埋在土里
有一些死者的照片永远年轻
他们微笑的脸
惊恐地在白昼中迎接每一个夜晚的到来
面对空虚时代不多的有用诗人
我悄悄地关上半夜的诗句
背对死者，把死者囚禁起来

阿琪阿钰，本名张琪钰，1985年6月生于贵州安龙。贵州省作家协会会员、中国诗歌学会会员。作品见《诗选刊》《诗潮》《青年作家》等报纸杂志，入选《2014年中国诗歌排行榜》等选本。

锦桐的诗

晨起的风

晨起的风
曾经无数次的
吹拂我轻柔的头发
触摸我白皙的脸庞
带着一片片凝聚的思绪掠过不曾转动的脑海
我静享那份独有的惬意
感受凉爽带来的美妙
睁开眼睛
仔细观察所要洞悉的这一切

锦桐，本名王乐乐，女，汉族，1988年生于山东德州。毕业于北京师范大学。现居北京。

李川的诗

梦游症

我若掉进你的梦里
肯定是那条奄奄一息的小鱼
从腾格里沙漠
一跃，跳到了北大西洋

你的梦里开满灿烂的珊瑚
和泰坦尼克号的
残骸

睡与不睡

我和两只猫在里面睡
一只母鸡在外面和鸡蛋睡
未点燃的香烟和烟盒睡
你和你的酒杯睡
你和你的枕头睡
你和你的情人睡
你和你的眼泪睡

满天的星斗和深邃的黑夜睡
麻木的肉体和干净的灵魂睡
半夜被神惊醒

审视着陌生的自己不睡

在黑夜里吸烟的男人

男人猛吸一口
火星的灵魂就被放大
再颤抖一下
中华的命就在闭合的双唇间断送

女人踩碎烟头
黑夜的碎片像刀
孤独被削得很尖也很瘦弱

李川，青年诗人、画家、作家。1989 年 9 月生，甘肃庆城人，现居北京宋庄。有文学作品先后在《星星》《中国青年》《海外校园》《青年作家》《飞天》《西北军事文学》《诗歌风赏》《纪实中国》《中国海洋报》等报纸杂志发表，多篇作品被入选各选本。曾为十多本书籍创作插画，2014 年和 2016 年两次在北京举办个人画展。出版诗集《一切都很善良》。

刘佳欣的诗

海边画笔

饮下最后一口海风，日子就远了
白鸥体内食不饱，你涂改后的发光长句
只有当羽翼和双眼，甚至你的全部——酣然至梦
那梦深处的蓝月光，才如他的眸子透彻无比

至少灯塔是孤独的，至少昏黄你不再幻想
灰暗的潮湿在白石壁上重重亲吻
和泪痕，总也换不回
守塔人镜面外的一段千里

你数清了襟上纽扣的纹路，和天角的白絮
远眺的墨瓶仍注不满——海底的深蓝却晕向无边

刘佳欣，河北石家庄人，90后，现在保定学院就读，在刊物发表作品若干。

稻子美的诗

我漫步在诗的回廊

以诗之名，尽一场迷宫的独行。
我固执着我，如同海岩固执着水深浪险。
绝不惜，因抵抗而致的崩塌碎裂。

一道盈贯的气，喷出未满的魂灵，
韵律缠绕，词的枝叶纠葛，
加上与心脏奔跳的节奏，情绪分崩离析。
狂欢的鼓点渐近，深处与神共鸣。

成为王的孩子，在呼啸的风中摘下星辰，
夜冻结了岸崖和谷底，危险与美妙触手可及。
终有一天孩子离去，离开他挚爱的王国，
他亲手创造的一草一木，高高的宫殿与城墙。

好的坏的诗人们，在鹿鸣声中摘下冠冕，
王国重叠，将所有归于烈火与月光水。
生命结束后才会胜利，倒像是生来的荣誉。

稻子美，90后，生于新疆，现为北京师范大学本科生。

李咏梅的诗

丙申年，立秋祈祷辞

这是祖母生活了一辈子的大林乡
黄道村，秋风正慢慢吹着落叶
却再也吹不起祖母
头顶的芦花了——
那个与黄土亲昵了一辈子的农妇

她的儿子
跪在简单的灵棚里
整洁的香案上
摆放着她的相片、水果和点心。

我看见父亲
正在流泪。
所谓黄泉之水
难道竟是从一个儿子的眼中涌出？

一个小时后，我将陪祖母
走完最后一段夜路，唢呐声单调
而哽咽。抬头看见黄道村的星星
黄道村的月亮，在秋风中
闪烁着，高不可攀，如离人泪。

惊蛰之诗

我害怕你
将一只梨送到我的手上。
我害怕听到
任何有关“离”的消息。
惊蛰的阳光下，我把
心上的温暖默数了
一遍、两遍、三遍。
只要是爱过的，就无所谓逝去。
它们会变成梨花、杏花、浪花
它们会变成两个人头发
中的花和白。
我会在另一首诗里
写下曾经的爱情，写下春光
如何照亮一个人的背影。

李咏梅，女，1992 年生于山西原平市，毕业于忻州师范学院中文系，在《中国诗歌》《延河诗刊》等发表诗歌作品几十首，曾获全国诗歌大赛二等奖、优秀奖等。

李雨澈的诗

铁杵

城市要你的生存资本
以明净的双眼付酬
用尘屑逐一打磨，仔细装裱
然后，高价出售

信念被弯成了弓
不知把箭射向哪里
环顾四方，没有远眺的风光
人群蠕动砌成浑浊厚墙

不容置疑的喝令，撷取着
年轻的热血，削减掉
坦荡的重量
在窄仄里前仆后继，哄然强抢
一枚枚冷冽的朱砂印章
不去想
它曾戳盖过多少沉睡的白骨

夜幕与黎明同时赶来
连你自己也不知道
伤口是怎样纷纷爬上岸
绣花针是怎样被磨成了铁杵

李雨澈，90后，现为中国石油大学（北京）在读研究生。

张明珠的诗

在海淀的孤独

孤独是一只枕头
是枕边的眼泪
放在脸庞
渴望呐喊

孤独是草丛中的
身上的露珠
就是那脸庞上的泪水

以及其他的孤独
是草地上的野蘑菇
和所有的青苔，爬满树的身体
在思念中沦陷
他们是枕上的悄悄话
带着热气
飘满屋子

太阳升起还是一只枕头
孤独越来越冷

张明珠，女，90后，现为北京师范大学教育学专业研究生。

第三辑　华东地区青年诗人

吴静波的诗

渡河

一只蚂蚁横渡在此岸与彼岸之间
是出发还是回归
山越高、树越小、月越小
天越高，星星也越小
而云从来没有停止脚步，因为风没有停步不前
乱云飞渡，云倒影在水中，云影与蚂蚁一起渡河
岸边一丛丛带着泪痕的幽草，为他们送行

一片叶子，又何尝不是一只船
船上装着诗歌，装着诗人的灵与肉，日晖或星光
沉沉浮浮原本就是平常事，如同波涛起起伏伏
码头、港湾，红尘匆匆，其实也没有多大区别

蚂蚁也有自己的那一段时光
短或长，瞬间或永恒
锦绣的花园，或璀璨的星空
身陷污泥，沼泽地中越陷越深
阳光一根一根断裂的时候
蚂蚁的骨头与触须也开始一根一根地折断
清脆的声音，像冰封的河面撕裂开来

前尘往事，就像那陈年旧伤
从此归零吧，转身即是天涯

死生契阔，也复归平淡
眉间青山，眼底江湖，从此烟消云散

伽蓝寺听雨

烟花已冷，一曲古筝已弦断红尘
一颗心已遁入空门
蒲团之上，木鱼声声
抵达一尊佛的高度

寺外的一块空石板上
雨落跳珠，雨声入耳
是谁又在哭了，梨花带雨
良辰美景，佳期如梦
执子之手，不离不弃

木鱼声、钟声、风声、雨声
笛声不知落在哪个野村
谁是绕指柔
你总是一个人，至死也是一个人
老天也为之垂泪
痴心人在等，你在等
成望夫石的传说了，你还在等

我也在等，历史在等
等山门倒塌了
故园的草木没过了双膝，没过了腰

说什么爱江山更爱美人
金戈铁马，为谁打天下
今生今世，莫负如来莫负卿
只盼着解甲归田，马放南山
心中还有一缕牵挂
只盼着打马回乡，还能喝到你煮的一壶茶
你温的一壶酒

等酒醇香，等你弹一曲高山流水
向来情深，奈何缘浅
揽镜自照，青丝已泛出霜花
海还没枯，石也没有烂
地不老、天不荒，而你已经香消玉殒
如今只有这一记一记的木鱼声
回响着青石板上淅淅沥沥的雨声

吴静波，1991年4月26日生于诸暨市，华中师大汉语言文学专业毕业。南边文艺第三届签约作家。省市征文中获过奖。出版长篇小说《红阁楼》《战地黄花》《十里红妆》(与父亲吴瑞贤合作)。起点中文网连载《策马啸西风》《超级抗日英烈》《王的女人们》等通俗小说。

星芽的诗

刺猬的生日

我出生的时间正好有刺猬经过
它们是潮湿的　但没有引起别人的注意
接下来的几年　她将要借我年幼的躯体遮蔽锋端
动物学家　那些尝试用一本教科书
就将我们分离的
事实　外面的阳光爬上了屋脊
圆圆的刺猬不适合作为我声音的一部分
不止一次　我模仿它们滚过中央公园的草坪
在机车横穿的马路上发出致命的尖叫
我回忆起与它们出生的同一天里
那日阴雨绵绵
刺猬细软的爪子朝着泥块翻动
像几片湿云

地球仪上的鹦鹉

在地球仪上摆一只鹦鹉
地球滚动鹦鹉跟着它飞驰起来
从南半球转到北冰洋
区区几秒　就在刚才
它藏匿于羽毛下面的那些轮子

已经覆盖上了南极的冰碴
鹦鹉精于算计　它对七大洲八大洋
以及每一株植物的寿命
都了如指掌　地球就停在鹦鹉的腿边
我喊它踢一脚
再走到冰冷的室外
仰面看到云块与云块之间
大鸟的身体正往不可预知的方向挪动着
周围竟然已经春暖花开了

枪响

趁着瞄准猫头鹰那会儿
想起它们挺起肚子的时候
暮色正好是一个半弧把托高的树枝
全部戳进它们连续发出干咳的毛发
我们原本不忍心伤害这些与自己息息相关的鸟类
枪声一响
它们由脚趾组成的肥大的垂影
依然留在枝干上
身体却不知去处
我们与它们几十年的对话就遁然湮没于此
密林留给村庄以植被并不连贯的呼吸声
我们绕着家乡被开垦的黄土地行走到它们的对立面
才知道掩面痛哭
就在昨天半夜猫头鹰同时发出的哭声
突然由妹妹的脊骨传到外面

奔跑了二十里路
我们追赶出去
大家都以为那些断落翅膀的朋友又想起了我们

星芽，本名饶佳，女，1995 年生，安徽黄山人，现自修于宁波。作品散见于《诗刊》《西部》《芒种》等。曾获第五届光华诗歌奖、第二届元诗歌奖、第二届淬剑诗歌奖、第五届极光诗歌奖新锐奖。参加第七届星星大学生诗歌夏令营。

如月之月的诗

礼物

我想和你在一声鸟鸣的背后安居
老山水经过时走得缓慢
幽寂的水声、黛青色的黄昏
木质走廊传来你迟钝沉闷的脚步声
我们注视温习彼此很久
你温润的眼神就要将我融化
两个人的孤独加起来，等同或大于幸福
我们紧挨着坐下
埋首读同一本书，时而抬头
相笑无言，像桌上两杯熟普
冒着热气不闻悲喜
我们消耗着一日又一日的
无意义、虚度、新鲜与安谧
钻木取火，把前半生错失的热焰
全盘赋予
高烧、羞涩、齿印
哦，所幸，我们还能唤醒身体

她

她躺在床上就像躺在墓穴
冰冷、潮湿、枯槁

一截冬雨里的薪柴，在年轮里抱紧
旋涡和风沫，果核般的脸无声描述
活于尘世的哀伤
双手叠于胸前，呻吟提高 N 个分贝
以放大自己的痛苦，以寻求同情与安慰

如果没有嫁给一个行医的丈夫
她会是一个出色的巫医
她曾见到过镜子里排列的大神的面容
她说她一定是在灵岩寺丢过一次魂
她拜佛没有烧香
被迎面的菩萨施了咒
否则怎会有如此绵绵不绝的病痛
说到这里，窗外黑云翻涌
雨，劈头盖脸地落下来

读波德莱尔

阳光透过窗户照在
《恶之花》的第 186 片花瓣上
幽灵正抱着他至爱的女人蹚过黑夜
——遮尸布的那一小片光
他们曾用热吻和情欲，饱尝爱的芬芳
又用利剑和毒药，让彼此受尽煎熬

即便躯体渐冷，狂燃的爱火不会熄灭

他们安然相爱

在墓穴中，在忧郁的理想国

在冰冷的月光之吻和蛇的脊背之上

安然相爱

如月之月，原名周娟娟，女，汉族，1984年9月生。江西崇仁人，定居江西南康，国家执业药师、中医师。毕业于南昌大学医学院，现在赣州一家中医馆工作。有诗歌发表于《诗刊》《中国诗歌》《现代青年》《诗潮》《解放军文艺》《文学界》《文学月刊》《星火》《绿风》《鸭绿江》《燕赵文学》《名作欣赏》《赣南日报》《抚州日报》等，有诗歌作品入选《2015中国年度诗歌》《2015年中国精选诗歌》《新世纪诗选》《南昌诗歌精选》等多个选本。获2015年度《现代青年》杂志十佳诗人、《大别山诗刊》2015年度十佳诗人等荣誉称号。

李愔的诗

大寒之夜

夜雨飘旋穿透夜的脸面
空荡的街伶仃得戚戚然

时间顶着风寒犯上作乱
享有特权的节气多慷慨

母亲节献诗

伟大起始于你
无私起始于你
博爱起始于你
怒骂与诅咒起始于你
懊悔与心疼起始于你
一把灿烂的阳焰煅烧不掉
我整个骨骼里埋藏的都是
你的赐予

如若今生，我不能以日月的光辉
殚精竭虑为你把这尘世的一切
我所得的都献于你
宁可碎此身，终不成菩提

李愔，原名李志霖，1990 年 1 月 14 日生人，诗人。先后荣获全国青少年冰心文学大赛铜奖、“泉悦杯”全国原创微文学大赛三等奖，并有诗文登载于《泉州文学》《都市文学》等刊物。

孙念的诗

荒与芜

三月，从大荒开始寻找最初的模样
这里是黄河口，这该是多么清醒的事情
若醒来了，你就不会在迟疑的目光里
只打捞这一季的春天了

你是看到了自己的渺小啊
才会躲着北方的气候，在异乡多了一份
归属感，让体内的太阳忽闪忽亮
直到温暖的部分再次辜负了自己
你才悄悄地换上了另一副面容

而我们早已默认了彼此的慷慨啊
盐碱滩上的苇草自顾自地缠绕、飘荡
相互依偎在一起的时候
仿佛我们年轻时嬉戏的自己

还好迟来的春天遮挡了你的眼睛
才不让我的孤寂陪你太久
以至于忧郁或者烦躁都只是摆设
而广袤的土地终于松开了生命的口子
成长中的土壤一无所有

那么把掩埋好的欲望拿出来一些吧

把春风吹又生的光阴揉碎一些吧
并以此来爱我，爱着大河与大海的突兀
就像爱着每一天你所理解的虚无

年轻时的脖子

树木未醒。一早的街道上
雾气也要溜啦

紫鸢花摆满了阳台
推开窗子
光滑的鸟背上送来清爽的风

鸟儿从远方寻找结队时的影子
在拐角处，凹凸不平的石头
像极了诗意的瞳孔

包子铺里放着新鲜的萝卜
白菜裹紧了霜
叮叮当当的自行车正在经过

你看，这是欢愉着的时光
也是繁芜着的时光

坟茔

从什么时候开始
村西头的旧坟看不到了
泥土的颜色越撇越清
从什么时候开始
新坟如雨后春笋般成长
又高又大
掩盖了多少次内心的惶恐

还是用砖石继续裹紧宿命吧
还是借一棵小松树的口吻
说出活着的理由吧
那些在石碑上
终于低下头颅的名字
念一次就疼一次
不疼的时候，茫茫夜色
将我的余生慢慢擦去

孙念，本名孙利杰，男，汉族，90后，山东临沂人，山东省作家协会会员。作品散见《天涯》《作品》《诗刊》《星星》《青年作家》等，有诗集《续札柒》《坐在树上的叶子》，曾参加山东作协第十七届青年作家（诗歌）高研班。

poetbi 的诗

尘世

落叶
秋风里
飘飘荡荡
翻飞起伏
百回千转
执拗着
落地

而你
人海中
熙熙攘攘
随波逐流
跌宕东西
回首间
消失

poetbi，本名毕升，男，生于84年3月，业余诗人，高中时开始发表诗歌作品。2006年毕业于燕山大学，现居安徽合肥。

包华其的诗

命运

停产、待业、分流
这些沉重的文字
压在工友们瘦弱的身躯上
他们气喘吁吁，咬牙硬撑着
不让无助的泪水轻易掉下

成本居高不下，产品滞销、冗员多
巨额亏损是工厂的肠梗阻
减薪、轮休、裁员
这些都不是工友们
想要的活路

物价又上涨了，工资又下降了
几张皱巴巴的人民币
蜷缩着，躲在口袋的角落里
他们紧紧攥着钞票
仿佛攥着他们提心吊胆的命运

蚯蚓，或者我的打工兄弟

我看见那些民工兄弟
像一只只蚯蚓在城市的路面行走

风雨中，他们居无定所
也容易被本地人的固执、不解、排斥
弄伤

城里的高楼大厦让他们惊叹
他们与生俱来的土味
和城市的繁华格格不入
路人异样的眼神考验着他们的尊严
想起老屋还在风雨中摇摇欲坠
想起体弱多病的老爹娘
前行的动力在身体里发酵

我的这群蚯蚓兄弟
不管身体被分成几截
他们都会努力向前
一截分给包工头的眼色
一截留给自己的晨昏
一截交给故乡的明月
一截献给异乡的太阳
还有几截内心的沧桑
可以随着泪水一起滚动

身份证

从北京、上海、广州
高档写字楼里
浓妆艳抹走出来的

Lucy、Mary、Angel
她们挤上一张单薄的硬卧车票
回到江西、贵州、云南
回到一个个偏远的小山村
名字就变成了
周芳、王秀兰、李春花
母亲喊出乳名时
她们一个个变成了
闺女、宝贝、乖孩子

包华其，笔名清泓，1987年1月生，汉族，江西遂川人，任职于江西中煤科技集团。中国煤矿作协会员、中国诗歌学会会员、江西省作协会员。诗歌散见于《星星》《青年文学》《中国诗歌》《中国诗词》《杂文选刊》《散文诗》等刊物，有诗歌入选多种年度文学选本。

曾昊清的诗

路边的乞讨者

在你凌乱的长发上
孤儿发现了母亲的遗址
他的哀伤更加笔直了
从空旷的街道开始收缩
像一道审判的目光落在你一人身上

你以为撕开自己胸前的衣襟
就可以获得一次昂首人群的机会吗?
不，你只是露出了一对
沧桑的乳房
让自己更像母亲
街道就像一个含着乳头的死婴

曾昊清，男，汉族，1983年10月生，江西赣县人，现居江苏常熟，写诗多年，偶有作品获小奖。

陈玉荣的诗

滕王阁在灰霾中高高耸立

我来迟了
骑着那匹枣红马

我什么也看不见
我的兄弟在前方指引着我

灰霾那么浓厚
像剧终时落下的帷幕

我还是爬了上去
手理乱发，不见河山

我握不住一粒具体的霾
甚至一首诗也握不住

那时候落霞与孤鹜齐飞
秋水流转，江天一色

真的握不住啊
一只白鹤，在少年眼前跌落

我慢慢地走了下来
像一首诗的谢幕

大桥诗

你好，赣江大桥
你好，九江大桥
你好，长江大桥
我屏住呼吸，敬畏
有如神灵

你好，赣江大桥
你好，九江大桥
你好，长江大桥
你是我的桥
渡我到对岸
谁是你的桥

千帆过尽
我，只身前行

陈玉荣，男，汉族，1982 年生于福建省宁化县。著有诗集《请左手原谅右手》。

初见的诗

窗外的鸟鸣

集中起来
有麻雀，有斑鸠
有乌鸦有灰喜鹊……
奶奶说村后的树林子这么大
鸟巢这么密集
漏掉的，能一飞几千里
漏掉的
你不用等我，我找你

对家乡的解读

小学版本：俺家圩外队的
中学版本：俺家中淝村的
高中版本：俺家就包集西南边，淝河乡的
外出打工版本：我家……请注意，使用普通话了
“安徽的”

初见，本名宋倩倩，女，生于1983年7月，安徽蚌埠人，现居安徽天长。

大树的诗

出生

一九九五年四月初一，夜，大寒。
乡间偏僻诊所，白汽成霜，布匹破碎。
我的母亲在其中生育。
四下有一群冷，蚕食她的热力。

医生从她的痛里抠下我，记作出生。
我浑身镀了她的血，镀了她日后的岁月。

自出生开始，她期待由我哭掉她的疼痛。

至故友屋前伫立三十二分钟

阳光玲珑，青藤婉约而下。
你倚靠墙壁，花朵以飞旋之姿赶来，
一群装备精良的美，对准孤独射击。
风声喳喋，寂寞醉倒一片。你以
鱼的薄腮呼吸。痛苦，裹满喜鹊之羽。
密集的物影，像毒药的粉末。天空
形同危境。而你忧心月季，伸手擦去
花瓣上颗粒饱满的泪珠。
“美不能被美阻挡。”

你对辛苦劳作的蝴蝶、蜜蜂、蜘蛛，
也举起空杯，“任何理想都值得敬畏”。
……
怀念，使诸神退却，包括你
朗诵生活的声音。清风，使一条绿枝
倾斜，绿色的气息抚过我的手指。此时，
我的心中没有烈酒，只有肃穆的钟声。

大树，原名孙胜，男，汉族，1995年4月出生，现就读于江苏师范大学，居江苏淮安。作品散见《中国诗歌》《作品》《星星》等刊物。曾获得第六届中国校园“双十佳”十佳诗人奖。

邓小川的诗

爱情的水面刻满木纹

雾气弥漫，爱情的水面刻满木纹
夜晚在灯火之外，在白日尽头
没有结束，水雾、花草、牛奶
羽片睡在梦中的水底，万物消瘦

斑马线反复出现，无法安眠
房子孤零零，被麻雀包围
月亮无处逃遁
难以辨认，生活倒立的面孔

如鱼鳞般脱落，喋喋不休
黎明的渊深，一个荒凉的颤抖
手指慌乱，像失控的街道
寂静再次爬上死亡的屏幕

八月之杯

——给艺钟、忠刚

八月不远
你满斟的诗句飘落在地
六郎庄，隔着十三分钟的北大

一扇窗户悬挂着夜晚
未名湖畔，命运如鱼
一切在水中呈现

八月之杯，诗酒相遇
一切犹如往日、犹如今夕
杜甫草堂、武侯祠、青羊宫
穿过春熙路、穿过宽窄巷子
我们在玉林西路寻找白夜酒吧
一条街道忘记名字，在成都
我们自比三剑客，栖居湖畔
用八月之杯，饮下形而上的酒

门牌号幽暗，仿佛重游
万泉河、琴台路、白鹭洲
突然，言辞在半空消失
世界无声，词语如石
事物并不遥远，如昨日
我们低头行走。穷尽一生

即景，十月末

河边的盲人
把眼睛放入水中
饮得一头雾水

地图展开的街头

城市像一件旧衬衫
早已不知归路

邓小川，男，汉族，1987年生，江西遂川人，现居江西吉安。江西省作家协会会员。开过书店，当过记者、编辑，现为教师。作品散见于《中国诗歌》《诗潮》等。出版诗集《微风如你》。

高爽的诗

许诺

一个母亲也在消逝之中弯下身
群星散去，就像我灌溉回声的血
修复我的平静

城市的风全被河流带走了
这儿的大地没有另外的天空
留下撕裂声，从心灵到肉体

距离最短的是震惊，先于梦
紧紧贴住落叶，飘离教堂和寺院
和整个秋天一起吞下干枯的火

——病变的寒冷惊动四邻
鱼的影子奋力划水
不让词语抵达无声！

当秋天被擦得更亮
呼应着大海的邮件，是陌生的记录者
趁蝴蝶抚养崭新的清晨

拿下被梦拆空的窗口
虚构的我曾是暂时的你

那倒退的每一秒，剥夺雨滴寂静的必是石头

风中

风中你年轻的脸有了悲哀
闪电也至善至柔，撤出了雨水
停顿的间歇——像月亮无以名状的底片
被翅膀惊醒的湖心最轻的部分

与风并辔的骑手，为了自毁成虚白
让天空垂直的力量于何处转折
才能整顿伟大的天赋，蹉跎之遇
一个更好的时代母腹中

用旧的静寂：香蒲撕开河流
在星光蒸发过的位置，小憩一会儿
没有任何新生不被赞美缠身
那借此坐弯天空的浪峰，放弃了高度

在我们脚下弥漫大雾
不让枯叶堆成秋窗，总有悲悯露出破绽
阴影的软蹄已被敲定，踏碎我们世俗的目光
只有爬入头颅的厌倦，使死亡的半径保持完整

朗读之子

摆渡人扯着水浪的吊环
向上划动，直到和白鹭一同入梦
他才摆脱几里外翻卷的潮汐
比日光还狂热的，磨损他的腿骨

而你也说过，白天的江风
会计算岩石间长长的影子
缠裹任何远遁的飞翔
我们这些逆向的旁观者，黑色瞳仁里

全都衔着一枚温热的钥匙
因打开、接纳被封闭的分钟之雪
而亮了许多；当风转向
白鹭被日光手抄一份幽香，紧贴波浪

一次完美地起伏，排版成我的记忆
当夜色开着一条小船，标示出
不眠的界线，江水也需要读者
分解我们困惑于肉身的灵魂光谱

但我等待，一颗心——
黑夜与相片之间热情的磁针
吸附波动的字、绿色的谜语
和辛夷树修枝的须臾。你的凝视
纠正了一个早晨的港口，像雨一样愈发安静

回声之唇吸吮着最初的蓝
从空中落下，归于原乡之影
我看到不加掩饰的时间
动摇着拥有江水侧影的人群，于是梦
——朗读之子，自从属的四季之词
唤醒了一切脱胎于黑暗的饕餮诗

高爽，生于1990年3月，现居河南新乡。编剧、写诗。诗作散见《天涯》《中国诗歌》《诗林》《诗歌月刊》等，出版诗集《行游之蚀》。入选《中国诗歌》2015年度十佳诗人，曾参加2016年《中国诗歌》“新发现”诗歌夏令营。

韩颖的诗

谎言

石榴终于熟了。它炸开的红被我穿在身上
一些鲜艳的事件开始暗下来：
首先是青花和心脏
然后是大片大片的铁锈

窗台上陈列着古老的谎言。是关于光明的
日子已经滑过竿头，我跻身时间的缝儿里
盯着路过的青菜和活鱼
一句话也没说

天黑了，母亲弯腰的时候
山上的那枚月亮以嫁娶的姿态谈论着我

手

这是一双女人的手
我看见它时。它正在受伤的根茎上哭泣

她喊我
用充满褶皱的姿势
轻轻地喊我

关于一座移动的坟墓。我们闭口不谈
它可以是泥土、火焰和静的光辉
但更多时候。对于我们
他们是别的事物

在上升与降落之间。我们站着
拘谨且自持

于岁月炙热的流淌里
我缓慢地投入一枚冷太阳

飘

“把树叶和灵魂放在一起”。秋天练习生病
当你上路
日子成群结队地飘。在风中飘
这一次我想到红色的风

我闭上眼。想象两三座小山
让风进来，“带来一点青绿”
这一次我想到永远

姐姐，我看见你了
你的影子正戏弄一个裸露的灵魂
近些。再近些就能抵达更精准的力

日子成群结队地飘。欢快地、平静地

太阳可以因此不带懊悔?

韩颖，女，汉族，生于1996年2月，现就读于临沂大学，现居临沂。临沂市作家协会会员，作品散见于《山东文学》《华语诗刊》等刊物。

何文兴的诗

安静吧大海

安静吧大海
你的咆哮
震碎了大地的碧绿
散落成星星点点的小草
吓走了火红的太阳
裂变成点点的星光

安静吧大海
你的呼啸
惊醒了沉睡的噩梦
唤来了蛰伏的忧伤
梦里都是你的澎湃
醒来都是你的汹涌

安静吧大海
我知道你不会停歇
这和我一样
不会停下追逐的脚步
如果有一天停了下来
我就老了
而你变成了死海

何文兴，1992 年 3 月生，汉族，福州市琅岐镇人。居于福建福州，笔名道云，子曰诗社社员、福建省诗词学会会员，作品收录于《中国诗歌月刊》《燕京诗刊》等，曾获“智能陪伴·三行家书”征集活动一等奖、“中华杯”全国文学创作大赛二等奖等。

时培建的诗

罂粟花开

静默了一夜，在清晨
以干预命运的姿态，醒来
那是何等的壮观

毕竟，你的身上流着故乡的血
与生俱来的气质让人着迷，抑或上瘾
谁会想到，在这个万劫的春天
你竟以怒放的形式昭示着存在和活着
从下往上，皮肤一层层地绿
全身的血液在高处凝固，喷薄而出
把伤痕一页页剥开，直到爆裂

在异乡待久了，我也学会了静默
像你一样，独自承受生命之痛
有时心生胆怯，害怕一阵警笛嘶鸣而过
害怕有人认出你的模样，连根拔起
像对待一个犯了罪的外乡人
遣返，或驱逐出境

时培建，男，笔名铁水，汉族，1987 年生于山东五莲，现居滨州。作品散见于《中国作家》《草堂》《诗歌月刊》等期刊，入选多种年选并多次获奖。系山东省作协会员、滨州市作协理事。

汪亚萍的诗

成长

女人体内的一半是男人
男人体内的一半是女人

每个人都将在特定的时刻
与自己破镜重圆

秋月

中秋月下
苏州城城门紧闭
敛眉垂首的姑娘
提一盏故乡的柚灯

乌篷船荡桨而来
灯火一明一灭

她的名字
也随着一明一灭

记苏州诚品书店

在城市的边缘
在奢侈品中间苏醒
那些安静且华丽的书籍
面朝陌生人袒露泛白的故事
拒绝被匆匆抚摸

书中
女人们都穿长裙子
留很长的发，化矜持的妆
择湖而栖

汪亚萍，女，1995年生，江西省吉安市永新县人，江西省作家协会会员、陕西师范大学在校生。16岁出版长篇小说《纯美的爱情》，作品散见于《作品》《东莞文艺》《南飞燕》《信阳文学》《南康文艺》《红河》等期刊。

曹瑞冬的诗

茶马礼赞

马帮的路，
让一代代人怀着梦想赴死，
却一遍遍传承着不屈的魂，
这是一件关于做人的事，
必须要在路上彻底解决。
马帮的马，
崇拜着生命与团结的力量，
探寻着勤勉与奋斗的精神，
这是让中国强大的感动，
与坚强一齐在心灵扎根。
马帮的人，
总在用死催促前进的动力，
总在把信奉为坚持的理想，
这是要把天地扛在肩上，
做一个涅槃重生的凤凰。

曹瑞冬，男，90后诗人，现为温州大学研究生。

龙朝明的诗

静默的夜

夜，独自倾听，
她安静、舒缓。
夜，静如水、薄如翼，
可以尽数地隔着喧嚣和闹腾。
当静默的灵魂，遇上静默的夜，
就可以出现静默的时空。

夜，独自凝望，
她美丽、深邃。
夜，深似海、美如画，
可以自由地任思想放逐，灵魂逃逸。
当静默的灵魂，撞上静默的夜，
才会迸发灵气的清泉。

龙朝明，男，汉族，1984 年 7 月生于江西永新，现为江西科技学院音乐学院副教授。

张诗青的诗

父亲的瓦刀

父亲的瓦刀砍断黑夜厚实的墙
黎明透出光亮的种子
每天，父亲都将这些种子收在心里
铺成一条山路，蜿蜒

八点多，喝下主家冲好的茶水
水泥、沙子、砖头、钢筋堆满了院角
一天的忙碌，从一块砖头开始
在父亲的瓦刀上发出声响

手持砖头的父亲，专注地敲落
多余的棱角，铲上水泥
抹平，再把修好的砖头慢慢砌入
父亲的双鬓，多像安详的秋天

这么多年的风霜
都凝在了他的瓦刀上

张诗青，本名张本刚，男，汉族，1987 年 6 月生，山东蒙阴人，现居江苏扬中。中国诗歌学会会员。作品散见《诗刊》《星星》《绿风》《诗选刊》《诗潮》等期刊。曾获徐霞客文学奖佳作奖、《绿风》同题诗赛三等奖、华语网络诗歌大赛优胜奖等。

苏隐没的诗

霸王别姬

必是在心底有所歌颂
春风、春雨、春林凯旋
血液来自血管，梦里江山
塑造一个美人，美人如花绽放

不为沽名，却偏要学成霸王
你再为我唱一曲
你再为我舞三生
相看情柔

不离不弃，楚歌里三千甲兵
又如何？且叫我红得芳艳
吐蕊作歌
万里暮云楚天，你
只低头看我

苏隐没，原名刘淑娟，女，汉族。出生于1984年12月，现在江西省鄱阳县教师进修学校工作，江西省作协会员、江西省鄱阳县青年诗社副社长。

纪小北的诗

在海边

你看，我又一次把自己
扔在人群之外
这不是最好的选择
可是海一遍一遍呼唤我
这些涌动的激流
一次次拍打着沉默的岩石，要把
藏在我身体里的那个人喊出来

在海边的风声里
新的时光开始降落
我看到一个个迎面走来的人
平静而辽阔。在狂风暴雨里
在风和日丽里，在烟雨蒙蒙里
粗粝的双手拥抱了自己

万籁俱寂的夜晚
一轮明月升于海上
那个热泪盈眶的人两手空空
无限接近神明

夜宴

所有的背景都后退
所有的年龄都后退
对饮的是月光
是风
山河之间的月色舞台
缓缓旋转
仿佛鸟鸣，仿佛花开
仿佛涛声
仿佛青春再现
仿佛闪亮的日子重新降临

我在你的歌声里热泪盈眶
一颗暖了又冷的心
仿佛活了过来

纪小北，原名纪云浩，男，汉族。1981 年 6 月生于山东定陶，现居威海。山东省作协会员、威海市诗歌协会副主席。曾在《青年文学》《诗选刊》《中国诗歌》《山东文学》《时代文学》等刊物发表诗歌作品多篇。出有诗集《继续微笑》《等风来》。

子衿的诗

持烛书

我没能留住下午的光
黑暗里，我摸到的每张纸上都写着后悔
今夜的停电，让我的生命
在压抑中又燃烧了一截
十年前，我胸中的苦闷比现在少
而抱怨比现在多
青年的愤怒正从我的身上转移
变成牙疼、胃痛、肝区不适
想当年，我抚摸命运的脸
那一个吻总是如期而至
不曾做早课晚祷，却
时时感到蒙神祐庇
让我还活着，缄默地走到现在
蛇形的闪电游过窗外
今天上午，有位少年时钟爱的球星告别
球场。许多年后，依旧有人倔强地
怀念、叹惋。他们还会声称——
我见证了他的崛起到隐退，也看到了自己
像一棵年年落叶的树突然停止了生长

圣诞夜

已经很久没有见到女儿了
圣诞夜通视频
也躲着我
晚上画画，听说只要
把想要的东西画上去，塞进袜子
圣诞老人就会带给她
她画了一颗糖、一枚硬币
想了想，又画了一个面目模糊的人
她说这是爸爸

子衿，原名江榕，男，汉族，1988 年出生，江西省作协成员，现工作于鹰潭市文联。诗作散见于《中国诗歌》《诗中国》《芒种》《诗潮》《创作评谭》等刊物。

朱慧劼的诗

酸菜瓮

酸，比她压在瓮里的老酸菜还要酸。
鼻尖空无亦是一种滋味。
她伸手进瓮里，黑暗失声碎落。
我咽下口水，她的手在瓮中翻动：
白菜、萝卜、豆角
辣椒、扁豆、冬笋……
除了泥土，我未曾尝过。
没有泥土，我又以何为生？

每一种蔬菜都有一颗汗水，
好让他从地里钻出来的，
都能在瓮里继续生长。
她的手如鱼跃出水面，
带着另一个季节的故事。
我用双手去接，身子奔向水池。
而水池边，我双手空空，
怎么洗都洗不掉手上的酸菜味。

饮马桥寄诸友

车流之下、河水之上，
四匹马并排着在河边饮水。

灯光流得太快，
在城墙边犹是。

我们已不是初次吐出曾经吞下的旧事物，
这一次，马上的奔波让我们愤世嫉俗：
关于缰绳把我们勒得太紧，
关于接下来要去哪一座城池。

我们把自己藏在蝉的腹部，
以免马儿听到，像妇人一般。
我们谈论，但更像男人，我们密谋。
更多时候，我们介于两者之间。
我们要等，要等到河水回流，
才能做这个世界唯一的主人。

朱慧劼，男，汉族，安徽宿松人，1991年10月生，安徽省作协会员、南京大学博士研究生，现居南京。作品散见《人民文学》《星星》《诗歌月刊》《扬子江诗刊》《钟山》《山东文学》《延河》《青春》等刊物，作品被收录《中国诗歌精选》《华语诗歌年鉴》《中国高校文学作品排行榜·诗歌卷》等年选。

曹浪平的诗

我与狗与司马高桥

一只哈士奇蹲在桥上看我
我在桥下抬头，随手给狗和桥拍了一照

好奇的狗在石阶的呵斥里静止
鲜活的身影替代了望柱的石狮
舶来的物种融合进传统的雕塑
更仿佛踏碎虚空，嵌进了历史

古运河水，从远古的繁华而来
濯洗前世今生连续永恒的梦
周而往复的邂逅
让砖与石、桥与路的情感更加深厚

时光和风雨搅拌在一起
高桥成为风雨里伫立千百年的一尊神佛

我躲在桥堍的草地里戏看高桥
高桥躲在崇福的角落里细数沧桑

曹浪平，笔名舒清，1987年生，汉族，浙江桐乡市龙翔街道人，少量诗歌发表在当地纸媒和网络上，一个在金钱和文字间思考人生的年轻人。

何黑虎的诗

得失

云在天上
我不去看
云还在天上
要是上一秒
我看了一眼云
我必将错过
水中你的影子

悟

我是一个体面的人
需要风的肯定和雨的浇淋

当我站在世人的眼下
我再也不能体面地活着

风雨有情
我是一个体面的人

飞人

善良的人
如一根白发般柔软
背负行囊
依旧行走如飞
清晨，我生而有翼
飞翔结束于梦里，所幸
读完了一天的行程
似乎在荷叶上荡漾了一番
清新的鸟儿和我一样
不过，我收起了翅膀
向着林荫小道飞去

何黑虎，男，34 岁，安徽怀宁人，怀宁海子诗社成员。诗作入选《每日一诗（2017 年卷）》等选本。

山月的诗

臭鸡蛋

吃到一个臭鸡蛋
我并不难过
我想它，只是一个
离开妈妈很久的鸡蛋而已
很久很久
它的思念，那么难闻
它的悲伤
难以启齿

突然记起一位女生的名字

突然记起一位女生的名字
叫作梁飞雪
而其他的
什么也记不起来
不记得当时飘落下来
哪一棵树伸手将她
接住却不是拖住
而到底飘了多久
才能称得上，“飞”？
不得不承认
如今的记性很差

我反复叨念着
“梁飞雪、梁飞雪……”
记忆的旷地上，刚刚是空的
现在不仅有雪花
还有人走过的迹象

山月，本名彭阳，男，1992 年 6 月生于江西萍乡，现为南昌大学医学专业研究生。

肖茶仙的诗

我的眼

我的眼
一双会流泪的眼
掩盖了哭声
它的神情依旧凄凉

我的眼
一双会注视的眼
埋藏了孤独
它的目光仍旧从容寂寞

我的眼
一双无神的眼
轮回在岁月
它的内容失去了灵魂的召唤

记忆看见了我，却看不见我的眼
我的眼，昏暗的眼，没有了往日的光芒。
我的眼，空洞的眼，死在了记忆的边缘。
我的眼，孤独的眼，像是在轮回的悲剧中枯竭。

此刻的我多想有一滴水让我透彻心扉。
可那滴水又在何方呢？

肖茶仙，90后，江西井冈山人，现为江西科技学院学生。

第四辑　西北地区青年诗人

马文秀的诗

老街口

说不清一丝清凉，老街口
挨家挨户的绿牌子，别致依旧
心儿耐不住，欧式的印象
走街串巷，寻找亘古的吆喝声
或者，是偶遇一位“万年牢”的大叔
接过几串糖葫芦，怀念老北京味儿
古寺，端庄高雅，一座连着一座
飘逸着《古兰经》里行善者的祷告
人与自然：后世满杯的甘甜和许多的苗圃

享受，一种失忆的状态

泛舟，秋叶飘零凝成一滴泪，
滴落了。接近另一种孤独，
拉近双手的距离，开始静默。
享受一种失忆的状态，只有此刻。
撇去，昨天、今日，不被喧嚣声淹没。
老去，恋上缅怀的时光。
一面镜、一把梳、一双手，足以回味一个故事。
喝着熬茶，回味路过的贵人。

一个人的黄河

冷风过境，寒风侵肌，
逆风而行，溅起的水雾在晨曦中泛着白光
北风、坚冰吹散一阵愁
浮冰里的夕阳，圈出划着羊皮筏子的老人
一条船，撕破暗流
与命运的抗争掀起万丈狂澜
拔地而起的气势，只是黄河九曲第一湾
一袭红装的女儿，面河而坐
大漠、驼队、晴空不及黄河温情
孕育神灵，奔向幸福
流动的记忆，留下的是丰碑。

马文秀，90后，青海师范大学本科生，作品入选过《每日一诗（2017年卷）》《青年诗歌年鉴（2015年卷）》等选本。出版过诗集《雪域回声》。

马越的诗

夜归长安

这里不是五道口
也不是外滩
青春撕裂一道疤
结了痂的年少理想
在这梦了一千年的地方
肿胀却难以流脓

它把我碾进还未做完的大唐梦里
半醒之间
夜深了
再过一年
我就要朝着相反的方向离开
安静咀嚼所有的回忆
从此，长安只属于我自己
青春的代号

忆

历史翻了个身
大唐盛世的牡丹
被宋朝一阵急促的雨
卷入潮湿的泥土

来年
长成一支儒雅
又绾着青丝的
木钗

风吹过
长安的味道
顺势牵动了回忆

冬天不是肃杀的

时隔七年
我终于回到青海
安居在故乡的冬天里
寒风不凛冽
阳光热又刺眼
甚至，树叶未曾完全凋落
大半个冬天过去
我都没有机会
试着把新雪踩疼

冬天不是肃杀的
它把幸福的门槛降低
走进家门
被饭蒸汽包围住的母亲
不经意地扭头：

"回来了。"
是的
我好久都没有感受
如此温柔的冬天

马越，90后，毕业于陕西师范大学，现在西宁工作。有诗作若干发表于国内诗刊。作品入选《每日一诗（2017年卷）》等选本。

深雪的诗

一场雪后

天地白茫、冷冽
人行走在清晨的雪地上
许多脚印重叠，一场雪并没有带来更多的意义
比如粉饰某些事实。
远山虚渺，太阳还是刺眼
在这如同猫眼冰冷的阳光下
树木趋于生命力的疲倦，毫无保留地袒露而又突兀
一场雪后
人行走在被雪覆盖的路上
越来越多的人行走在路上

冬天

体内一场寂静的火焰早已烧尽了大半个我
我晶莹的眼眸失去光芒
我看到灰色的鸽子低低飞过，在这苍白空荡的天地

天地苍白空荡，而心比天地苍白空荡
天太冷了，我不想开口讲话

我看不清。地上的影子稀薄，我像一片纸
日影沉落，行走在冬天的路上

周身全是人群，全是岛屿

我再一次陷入了荒芜
冬天真正来临

缩回

我坚硬并始终想保留自己

生活中袒露在外的部分
很多时候，我已很难缩回
惯于失眠的人

眼底的明亮恐怕要入不敷出
我试图解释自己，用力后却觉得毫无意义

一开始没有摊开说清的

如今多说也无益
我还是继续

对生活突生热爱之时
又对世事冷冷地一瞥

深雪，原名马慧，回族，1994年生于青海，系青海省作家协会会员。现为青海师范大学人文学院2014级本科生。

孟甲龙的诗

游离的隐喻

请原谅，看到光芒后我依旧忧伤
风中有游离的樱花香
和被教化的野兽
我的天空不再是蔚蓝
我的姑娘不再多余
我的灵魂注定孤独三生
星辰陨落，万物残缺了
廉价狂欢把暴力释放
我付出白色代价
闭眼之前，我看见隐匿身影
黑暗多么美妙，只因可以涅槃重生

孟甲龙，男，1993 年 2 月出生，甘肃会宁人，就读于兰州财经大学。作品多刊于《诗选刊》《读者》《散文诗》《诗歌周刊》《中国诗人》等杂志。诗歌入选《2015 中国高校文学作品排行榜》《当代大学生诗选》《邯郸大学生诗歌节作品精选》。获 2015 年中国大别山“十佳新锐”诗人奖、首届“玉平诗歌奖”新锐优秀奖等。出版诗集《秦淮河女人》。

向鹏程的诗

蒹葭

烟花躺下来的时候，爱情的重心并没有变
依然处在两颗悸动的心脏中间，领悟《诗经》的真谛。

而身下的草、身上的夜，
以及天地之间的我们自己，都被水中的月色托起来。
我们每说一句话，头顶的花便鲜艳一分：
一朵、两朵、三朵……零零散散地开着；
直到生命的旋律被打开，所有的花瓣顿时滚烫起来，
仿佛要怒放一段历久弥新的往事。
那关于爱情的每一颗露珠，都停在蒹葭的记忆深处。

我清楚，这样的一抔时光，正在呼吸两个人的时间。

桃花劫

从三月开始，我将与一朵桃花为敌。
那些从骨子里流出来的红
势必将作为前朝的遗腹子，
在半途而废的光阴里下落不明。

但在此之前
我必须借助春风的忧郁，

解开桃花愈加惆怅的真相；
并趁着鸟鸣沉入生活之际，卸去一首诗歌的隐疾。

群山背靠着暮色，轮廓清瘦。
当越过了青烟的祖籍，我便可以
像一颗石头的内心那样坚决：
把相似的春天都摁进宋词的一角。

现实总过于贫嘴。
每当我路过爱情，烟火便贴满了桃花般的伤口。
这一刻，
浣衣女捶落的月色，粗糙而富有弹性。

向鹏程，男，汉族，1993 年 4 月生，陕西安康人。诗文散见《星星》《散文诗世界》《天津诗人》《中国青年》《风流一代》等刊物。

边边的诗

北京·北京

错失白昼的好意
挖走一块黑夜
窃取是人常干的事

柳枝太过激动
披头散发，号叫
烟灰果断封喉

撕开夜伤
舀一勺血水
高利贷借给眼睛
贪婪是人常干的事

挥手、挥手
天亮又多一场梦

城市

天空是一张网
挂满了风筝

地面是一块布
裹满了尸体

列车是一口锅
煮熟了远方

城市是一把火
烧焦诗歌的尾巴

爱情

爱情是一场远行
太阳披着冰冷的风衣
从一个十字路口走向另一个十字路口

沙漠是必经之路
你爬向泉水砌成的屋子
默念她的名字

边边，原名边明丽，女，汉，甘肃平凉人，1994 年 1 月 6 日生。

陈朴的诗

痛

走路时跌倒在地上，我痛
坐公交车手机被偷，我痛
躺在医院的手术台上，我痛
在东莞打工那年，过年时买不到
回家的火车票，我也痛
这一生，我所经历的痛
都被时光，悄悄地埋在了旧屋后边
那棵老槐树下
这些年，我只有在回家的时候
才感觉不到这人世间的痛
因为不管家有多穷
她都是我，生根发芽的地方

陈朴，男，汉族，1985 年 3 月生，现为宝鸡市渭滨区石鼓镇范家庄小学保安，居住地陕西宝鸡。2004 年毕业于杨凌职业技术学院，曾服役两年。作品见于《星星》《延河》《草堂》等刊物。

赤心木的诗

西风紧

星星掉了，落日长河的静美
山脚下的晚风，吹拂着野草的馨香
漫过了鼻尖、漫过了苍翠的玉米地
不加掩饰的笑声，如同孩子的天真
喜悦了饭后闲谈的庄稼人
西山上的风，把天边的云朵
剪裁成了一道道薄厚不均的思绪
像是被追捕的鱼儿，始终找不到一块石头
来掩藏自己的心事。空旷的天边
瘦弱的它们，无力前进
犹如村口守望的老人
想要止步，却身不由己

赤心木，本名朱喜利，女，汉族，现为宁夏彭阳县古城镇川口小学教师。

何建峰的诗

酒，是孤独的母亲

今夜，酒后
我想写首诗
但是诗的主题，我还没有确定
我想写海。但是，我身边没有海
我想写下月亮。但是，不巧，今晚没有月亮
于是，我想写下田园、写下农夫
写下朋友和母亲
最后，我想写下雪

但是，最终我写下了孤独
于是，整个夜晚都是孤独的

何建峰，男，笔名西萨，1987 年生于甘肃天水。有作品发表于《飞天》《星星》《诗潮》《诗词月刊》《思无邪》《甘肃日报》《天水文学》等刊物。

陆承的诗

正午

这丰沛的面馆里，
大蒜铺开，牛肉切上，
大多数人沉于其间。

唯有我喝三炮台，
喝这尘世的虚无。

而正是这迥异，
让我在这苍茫里显得那么孤立，
仿佛艰难地膜拜。

陆承，1984 年生于甘肃榆中宛川河畔，现居兰州。诗文先后见诸《散文诗》《中国诗人》《青年文学》《诗选刊》《黄河文学》《甘肃日报》等报刊，有作品入选《21 世纪年度散文选》等选本。

高权的诗

你不来，我不敢老去

是夜太神秘，还是梦太清晰？
墙壁上晃动着你的影子
经卷里浮跃出你的笑语
月亮今夜醉卧在湖底
一盏枯灯，它在等待着照亮你

一盏枯灯，它在等待着照亮
你眼中的星光与池水
昙花静静地开放
萤火虫都赶往了墓地
我在灯下，茂盛着枝叶等你

我等待着你提着马灯来看我
等待着我檐角的风铃为你响起
——多少年了，风雨锈蚀了门窗
却无法锈蚀那铃心的秘密
——你不来，我不敢老去

高权，男，1986年生，陕西延川人，汉族，现居陕西延安，陕西省作协会员。著有诗集《终年不遇》。曾获首届延安文学奖、中国第二届网络文学大赛诗歌奖。现为《延安文学》编辑。

何双的诗

傍晚的故乡

一条阅历丰富的河流
自西向东，穿过季节和乡愁

我习惯在某个傍晚
站在汉江源头，梳理故乡的毛发
直到那些古老的时光从纸上漫成花朵

夕阳西下，有个挥鞭人正驱赶着羊群和白云
而汉水习惯了沉默
它总在诗页里流淌，带来一些温暖的场景
比如靠岸的渔船
比如木讷的石头

一条河流就是故乡的血脉
故乡就是流浪人系于腰间的炊烟
在黑夜降临之前
所有的隐忍和厮守都在等待时机
所有的疼痛和人间的冷
都在故乡孵化，变成善良的星星

就这点收获了

大清早起来
父亲就发来微信视频
无非是，晒晒他新打的椿芽
或者是，才扳的竹笋……

他说，就这一点收获了
等晒干以后，捎带到西安
给你和你哥尝尝鲜

父亲今年没有出门
年纪大了，工作不好找
他留在乡下，陪陪村子和母亲

春天好短啊
一晃眼就老了
多想安慰他，人生还长，夏天还远

长征

是琴键上跳跃的音符
是船家喊山的颤音
是挑山工负重后的喘息
是水晶落地的戛然而止

是光，是闪电，是万马奔腾
是无尽的黑和荒寒
是候鸟的迁徙
是雪地里的马蹄印

是历史的转身
是红日征战天宇
是黑夜抵达黎明

何双，男，汉族，笔名蓝极北极、何白水，1988 年 5 月生于陕西白河，现居西安，供职于新华社陕西分社。诗文散见于全国各大报刊。有诗作入选《陕西青年诗选（2011 年度）》《2013 年陕西文学年选·诗歌卷》《2014 年陕西文学年选·诗歌卷》《青年诗歌年鉴(2015 年卷)》等年度选本。

贾假假的诗

喊魂术

很多个时候
我，并不叫作我

比如现在
你站在背后，喊出
“贾昊橦——”

我只会稍微一愣
而在这个“愣”的过程，看到
另一个背影
已经走远

贾假假，本名贾昊橦，男，汉族，1994 年生，甘肃平凉人。曾获第三届淬剑诗歌奖、第七届“包商银行杯”全国高校征文优秀奖等。

李改利的诗

酿

把你放在冬日的时光里
储藏成一壶酒
甘冽香醇

待春暖花开
我们一起品酌

李改利，笔名清晨，汉族，1981 年 7 月生于陕西绥德。

李龙的诗

灵魂在冬天更接近美与上帝

关上冬日的闸门
一股强大的制冷在人间散开
将万物压低，使之迟缓
从春日的高台上走下来的
生机被窖藏起来保鲜
世界在极致简单中日益鲜明
透过站牌下女人吐出的烟圈
冬天蓬松成一丛冷艳的花
我们与万物之间的抵触
在不经意间融化
阳光巡礼而过
遇见的事物都以美好的样子呈现
日子在阴冷中越发迟缓
灵魂却在冬天更接近美与上帝

李龙，男，汉族，1993 年 7 月生，陕西商州人，现为四川师范大学学生。

梁亚军的诗

原谅我们

原谅我们起心动念就活在一个是非观念构成的世界
原谅我们在斥责一个人时，还有着一颗分开善恶的心

在肉体之爱和精神之爱之间，原谅我们贪恋着一副副身体
也贪恋着爱所许诺的东西，原谅我们失去的自由

原谅一个黑暗的声音，一直在我们的耳朵边絮絮叨叨：
上帝死了，彼岸消失了，只剩下一个现实的世界

原谅网里挣扎的鱼，被赶往屠宰厂的牛羊
原谅报纸上的死刑犯，让我们越来越麻木不仁

原谅我们还在斥责一个礼崩乐坏的时代没有了仁义礼智信时
却从来没有想过丢失的东西将要由一颗仁心来重建和恢复

梁亚军，男，汉族，1982 年 1 月生于宝鸡市岐山县，有诗歌刊发于《诗刊》《星星》《延河》等。部分诗歌入选年度选集，著有诗集《画像》。

陌邻的诗

在人间

一场并不滂沱的秋雨　至多两场
一粒呼唤一粒　一粒紧跟一粒
那些脱落的叶片　依次回到枝头

他们如此微小　火柴头一般微小
尘世之上　刚刚点燃一丝欣慰
我们惊讶　称赞　俯下身仔细观察

你说　真的比春天还像春天
你说　他们一定经过九九八十一难
你说　突然间心里有暖暖的感觉

起风了　树叶给大地披上衣裳
我直起身来　搂过你的肩膀
亲爱的　苍茫人世只能给你这么多

陌邻，原名贺东东，甘肃成县人，生于1990年。诗文散见《诗刊》《星星》《草堂》《中国诗歌》《飞天》《青年文摘》《读者》《辽宁青年》等。

商山贤乐的诗

转身回眸

寒冷的季节，心就该如此冰冷吗
带着伤感的气息，寻找你的背影
梦中呼唤你的名字，千遍万遍
你始终没有出现，感受着丝丝凄凉
怎么就不能感动你，我已经很诚心
缘分稍不注意就溜走，无影无踪
回想起曾经的你，最美的季节
可惜回不到从前，心中还牵挂着你
黑夜里想你，冷风无情敲打内心

你还会出现在那熟悉的地方吗
每次都会去哪里，苦苦寻找你
真希望，转身后会看到你
我想跟你在一起，那就是幸福
你没有出现，我每次都回头张望
茫茫人海，再也见不到你
这是一场梦吗？如果真是一场梦
我愿意为你，继续沉睡在梦里
不再清醒，把一切烦恼忘掉
只因为有你，我便有前进的动力
深深地想你，继续转身回头寻找你

商山贤乐，本名刘卫卫，1983 年 6 月生。

唐叔弘农的诗

一个恐高的人坐在飞机上

不是一条甩向天空的鱼
恐高的我坐在飞机上
咯噔一下
我是说我的心跳
咯噔又一下
已在万家灯火的上空
夜色真是一个包罗万象的玩意
比如说脸黄、心慌、发汗……
我听见一个江洋大盗在窃窃私语
在钻雾穿云的过程
穿红裙子的空姐涂着红嘴唇走来走去
我记起了小时候攥在手指的红气球
一不留神飘向天空

唐叔弘农，本名杨树弘，男，汉族，生于1982年10月，甘肃省天水市秦安人，现在秦安县教育体育局工作，偶有诗歌散文在报纸杂志发表。

完玛才让的诗

藏之魅

那一天，天空很蓝
草原很绿，树林很密
咩叫声不停的羊群
嘶鸣声不断的骏马
在羌塘草原鸟语花香
在喜马拉雅白雪皑皑

那一年，泉水很亮
藏袍很美，经声很响
朝拜者不停地祈祷
牧羊者不停地高歌
在羊卓雍措风马飘飘
在纳木措湖波光粼粼

那一世，藏刀传勇
布宫传智，拉伊传情
高原红不断地盛开
藏羚羊无止地奔跑
在安多羚城歌声响亮
在雅鲁藏布水流潺潺

完玛才让，笔名香凯，男，藏族，1999 年 3 月出生于甘南藏族自治州卓尼县刀告乡，其作品散见于《中国诗歌网》《格桑花开》《藏人文化网》《星星》等文学刊物或媒体平台，现就读于西藏大学。

汪小红的诗

村东头疯子的死

骚动的蝉鸣惊动了七月的村庄
一片落叶的响动
能让这个针尖大的地方做一场噩梦
握一把燥热显现原形
王二婶的舌、扈三娘的嘴和疯子心里的“小”
像宗教、像丛林，幻象丛生
一些气息和光晕
在黑暗的某个路口无比坚硬
裹紧了的身子再也抓不到任何东西
村东头老漆的死亡缘于他的疯病
他母亲擅长制造幻术
漆疯子患了失心疯
欲望的藤蔓像蜘蛛的网
网住的心智五花八门
用一个死亡的词，轻易抚平了一生

汪小红，男，笔名冷雨，甘肃天水人，现居郑州。深圳福田区作家协会会员、《中国岚文学》杂志编委、《中国当代汉语诗歌典藏》特约编委。作品散见于多种文学刊物及网络，作品入选《中国当下诗歌现场（2016卷）》《广东青年作家精品文选（2015-2016）》等多种选本，多次获奖。

王静的诗

旧信

秋叶是一封旧信
零落于
一场骤降的雨

你自黄昏将它拾起
——单薄的一片心形
字斟句酌的脉络愈发明晰
如不忍卒读的旧信

信很轻
装不下春日的风景
只夹带几分落英

心形的叶子很轻
秋风一吹
就落满长亭

故事

雨湿了你的衣裾
你走在天地间

像一支笔
写那些遥远的故事

故事里
有望不尽的青山
和我不曾涉足的那
你眸里的脉脉春水

故事外
我没有一盏灯花可以剪
闲敲着
唐朝那年的棋子

王静，女，汉族，1993年7月出生于青海省海东市。曾任北京师范大学五四文学社社长、《文苑》主编。现居住于青海省西宁市。其作品被收录《驿路诗雨》《平安路上》《大爱丰碑》等，经常发表在《河湟》《平安》《湟水河》《文苑》等刊物。

陈慧遐的诗

大山的叹息

肌肤饱受着太阳的洗礼
往外吐着汗
一滴水的渴望
成了山尖尖上顽固不化的积雪

冲着太阳冷嘲热讽的
不是积雪
而是大山
它们的根茎连通地脉
流出冷血的叹息

出场退场

当一团飘浮的云
在我面前刹车
我便开始相信命运

云很轻巧
明白什么时候出场
人很笨拙
不懂什么时候退场

陈慧遐，女，土族，1986 年 10 月出生于青海西宁，青海省作家协会会员、青海省民族文化促进会会员。

沈奕君的诗

光阴散

雨点袭来
带着天空的忧伤
瞬间划过眼前
怎么也捕捉不到

暮年而归的老人
看着儿时的小路
似有话要说
已来不及

我寻找光阴的秘密
像一列火车
拖着长长的尾巴
消失在时间的尽头

沈奕君，男，汉，1985 年 4 月生，现就职于陕西平利县委宣传部，作品散见于《人民日报》《北京文学》《中国文化报》《飞天》《厦门文学》等报纸杂志，有作品被多种选本收录。系陕西省作协会员、陕西青年文学协会会员。

杨慧娟的诗

离别礼

自卑将静谧的湖镜打碎后粘贴
鸣笛声、水泥搅拌着守旧的哀歌
记忆以年轮的方式告别

我走近没有风尘名字的旧事
黯淡，包容着月光深处的胆怯
无颜的疼痛，丢失了半张面具
光影交织，血管纤维的懦弱

空气催眠了虚假的沼泽地
涟漪偷来了风温暖的气息

骨骼试图接受忙碌的洗礼
挂号、排队，等候叫号
嘶喊声，平淡无奇

肉体被制作成礼物献给神灵
甜蜜的言语烙上自闭的嘲讽
祈祷、旋转、诱惑的糖纸片
一切被打回原形

杨慧娟，甘肃作协会员，有作品散见于《北京文学》《星星》《诗选刊》《诗潮》《绿风》《西北军事文学》《延安文学》等，出版诗集《心窗望月》。

第五辑　西南地区青年诗人

敬笃的诗

沉默

我开始尝试着，记住
某些语词，把它们用双面胶
黏合起来，放置在风中
看它们舞蹈

不需要乐器或者音符
只是在蓝天的包裹下
把一切活着的草和石头
当作观众
这样你就可以看到

大地，是一个沉默的磁场
让语言自己说话

生命，并不只是一场旅途

我是你的绿皮火车
在雪国里穿行，划出一道优美的弧线

我是你的蓝色水杯
在滚烫的波纹里，编织着美丽的梦

而我在细碎的音符里
总能听见你温柔的和弦

生命，并不只是一场旅途

天空

仰望没有星星的天空
我才知道原来天空并没有人眷顾
我可以借此机会看一看世间狰狞的面目
然后在这冷漠的雪地里
拍一拍手上的汗渍
把恐惧收在心底，确保万无一失

我绝不能指望天上的星星
它们的光，瘦弱而又微不足道
我怎能期待它们给我温暖？
它们的距离，足以让宇宙无穷大
这时的我却无穷小

站在瑟瑟的寒风中，注视着
黑夜，那远道而来的死神
其实早就在身边，打着寒战

敬笃，原名李安伟，80后，现居云南昆明，有若干作品发表在国内报刊上。

葱葱的诗

诗意不会轻易落在谁的肩膀上

亲爱的
生活的汁液会倾洒在你的白裙子上
你的书页已经在角落蒙尘
一幅画里色彩会爱憎分明地呈现
窗外的雨会吻掉不属于你的妆容
昨日的誓言都长了一双轻灵的翅膀
穿过城市的眼耳口鼻都在撒谎
诗意不会轻易落在谁的肩膀上

葱葱，本名张益聪，四川富顺人，作品散见于《诗刊》《西部》《青年作家》《绿风》《诗江南》《剑南文学》《诗歌月刊》等多种文学刊物，并入选多个诗歌选本。

邓成相的诗

在昭通

在昭通，我像一个本地人，晨钟暮鼓
在昭阳区望海公园，养一条鱼
在鲁甸文化广场做文化人，在镇雄街心花园
做陀螺，在水富港口醉酒，摇摇晃晃
在盐津豆沙关，悬崖上凭空取物
在彝良、大关、绥江、巧家、永善、威信
和千山万水坐地修行，按图索骥

走过的每一个县城，遇到的每一道墙
踏平的层层刀山剑树
回首时，它们的背后
都隐藏了许多秘密，或不为人知，或真相大白

这个中午，我依然在昭通，用惯性
反观内照，窗外人声如旧、车流如旧

邓成相，男，汉族，1987年3月出生，云南昭通人、《昭通诗人》副主编。诗歌散见于《延河》《边疆文学》《昭通文学》等刊物，著有诗集《杯子中有一个镜子》。

吉克木呷的诗

办身份证的彝族老妈妈

今天在派出所
看到一位彝族老妈妈
正在办二代身份证
而采集指纹时
机器却怎么也读不出
她的指纹
看着她长满老茧的手
粗糙如树皮
我的心里一酸
想起了远在老家的母亲
我猜啊
能读出她们指纹的
也只有家里那一亩三分地了

一张老照片

我　弟弟　小妹
站前面
父母　爷爷　奶奶站后头
这张老照片
被我从储物柜里翻出来时
还好

岁月这贼
没有找到它
所以里头的那些人
一个都没少

吉克木呷，男，彝族，1983 年 3 月生，现供职于云南省丽江市文联，云南省作协会员。作品散见于《民族文学》《诗选刊》《文艺报》《边疆文学》《云南日报》《黄河诗报》等报刊。

雷磊的诗

河边的石头

我出生在河边，长大在河边
与一块石头相依为命
月亮下凡而来
我邀她在黄昏里歇息
我们一同坐在河边
听河水剁碎石头的声音
讨论石头还是一抔泥土时的样子

我看着月亮
就像另一块深凹的石头

雷磊，笔名山石，汉族，四川达州人，出生于1994年9月，现就读于四川民族学院，系知否文学签聘作家。曾获第三届中外散文诗歌邀请赛一等奖、《当代文学精品选》评选一等奖、四川省人民政府主题征文一等奖、中六杯·三行诗大赛一等奖等十余个奖项。作品散见于《中国诗歌》《当代汉诗》《当代文学精品选》《长江诗歌》《海鹰90后》《康县诗歌》《四川民族学院报》等各类刊物。

李季的诗

松鼠

树林里我看到一只松鼠
它轻轻一跃
就到了一棵树上
又跃　从一棵树到另一棵树
它的尾巴好像永远蓬松
永远向上
在它消失之前
有两次试图停下来
一次回过头来
那时　我看到一个世界的明亮
在一只小兽的眼睛里

李季，男，汉族，1986年生，教过书，干过新农村建设指导员，现供职于曲靖市富源县中安街道办事处。有作品在《诗刊》《诗潮》《特区文学》《诗歌月刊》《作品》《滇池》《春城晚报》《中国诗歌》《都市时报》等报纸杂志发表，并有作品入选多种选本。

罗辑的诗

有雨的夜晚

有雨的夜晚
世界的中心由它占据
你的呼吸
被挤入一切潮湿、拥挤和衰败之外
因此你久坐灯下
数着猫头鹰叫了三次

此时此地的人类
最接近古老的海洋

在梦海中
你手持莲花瓣
形如一片小船
所有颜色都已变淡
就像这受雨冲蚀的黑暗
处处躲闪
处处失败

罗辑，男，汉族，1994年3月出生，重庆铜梁人。现居重庆大足，任教于重庆市大足田家炳中学。有作品入选《青年诗歌年鉴（2015年卷）》等。

才旦多杰的诗

夜语

我生怕那生之焦虑的日子
仍如天空一样隐藏着奇迹
一场暴雨粘合了谁的眼睛
然后　一点点展开
那一针一线编制的唐卡
最后连根拔走记忆中满满的温暖和孤独
祖先们一定是记得的
名气越过了大地边境
将孤独成雕像　让世界不再无声
使旧地址终归是温暖的风景

才旦多杰，藏族，青海海南州人。作品散见于《雪域文化》《西藏文艺》《岗坚梅朵》《青海藏文报》《新世纪诗典》《雷公山诗刊》《诗友》《诗歌月报》等刊物，并有作品入选《中国当代诗人代表作名录》《海南文学作品集》（诗歌卷）及《昌都我的幸福家园》。

若非的诗

大雪记

日历显示祖先的遗训。大雪之日
多添衣
你在屋里调火，透过窗户
看一座孤零零的山峰落寞无比

这个日子，并无大雪飘扬
覆盖苍白的世界
炊烟依旧软弱无力，道路依旧
坎坷弯曲
只是露水不再沾染裤腿，只是寒冰
敲击冰冷的关节

往日与你风中舞剑，篱前饮酒的人
已被写上衙门的通缉榜
想到这些你就悲伤。往年冬天的大雪
又萧萧然下在你的生命中

途中

奔跑的机器，托着奔跑的人
想去往哪里就去往哪里

条条大路通罗马啊
你却，无路还乡

若非，原名陈恩贵，男，1989年5月生于贵州农村，现供职于毕节市国税局。

宋小军的诗

夜色

很少去探究夜和它的颜色
除夕后的那个凌晨也不例外
一种力量吞噬着光和它的难民
青山、大道、湖畔、村落越陷越深
影子的背后只剩影子
坟山上偶尔有人唱歌
一个新的开始并非白天
而是夜和它的颜色

宋小军，男，青年诗人，现居贵州省贵阳市花溪区。

希林的诗

救赎者

我还是悲伤
将世俗的鬼怪与不满归结
花开了，是蜜蜂的功劳
阳光下的绿叶
迎接的不是我的微笑

像乌云的昏暗
像路途的荆棘密布
也许昨天的暴雨
也是来自于我的刑罚

风雨落尽
我在地狱之火里燃烧
让疼痛刺穿我的骨髓吧
等云开雾散
我会有一场平静的黎明

希林，本名曾宝锋，男，汉族，1996 年 3 月生，四川大学本科在读。

徐源的诗

夜歌

小城华灯漫延，覆盖了黑夜。有人努力举高天线
试图接收来自星辰的歌谣

我坐在光滑的玻璃上。内心粗糙，数着
那些在玻璃之中走失的人，他们有着透明的哀伤

城市被我排斥在身体之外。而世界已熟睡，像个婴儿
灯光融化了风。在隐秘的地方，一台愤怒的打印机
飘出相同的影子，仿佛许多老无所依的魂魄
它们将被装订在诗集里，经受人间朗诵

梵净山寻仙记

再陡峭的石阶，也没有脊梁骨那么险峻
再高远的云雾，也没有出世者那么缥缈
再凉爽的风，也没有清脆的钟鸣
更能让人心旷神怡
再沉默的青苔，也没有灯盏，念念有词中
让人陷入沉思

我爬了许久，看见一些人，把身躯置于劳苦之中

呼吸草木腐蚀的气息，坐地成佛
错叠的蘑菇石如千层经书，我们只读到第一页
有的悟透了爱恨，有的悟透了轮回
有的仅悟透眼前的一片风景
天空那么近，紧贴在金顶窄小的房檐上
在梵净山，从来没有人能从金顶上走下来
对美好的尘世心怀芥蒂

徐源，男，1984 年生于贵州省纳雍县，穿青人，中国作家协会会员。诗作散见《诗刊》《星星》《诗选刊》等，多次入选重要年度选本，多次荣获专业奖项。

易巧军的诗

黑幕

他们在做光的游戏
一束光追逐另一束光
一面镜子谋杀另一面镜子
从我的腿
到我的心脏
到我的头
仿佛我的身体
是一块巨大的黑幕

易巧军，男，苗族，1991年出生于湖南武冈，现居四川宜宾，就职于长江宜宾航道局。作品散见于《绿风》《新世纪诗典》《诗歌周刊》等刊物。

南见才让的诗

今夜，在子科滩，我像海子一样写诗

目击一些遥远的未来，在夜的黑海里悄然离去，
我没什么可以阻挡，只有眼泪铭记失去的。

我无从弄懂深藏在子科滩夜空中的秘密，
为了让我们的悲伤安静，错过一场美丽的雪季。

今夜，我将湿润的嘴唇贴近高悬草原的脸庞，
周围所有的事物在我包含甜蜜的血液里安眠。

今夜，不再需要将任何感情归还给远方。

南见才让，藏族，1993 年 12 月 23 日生于青海贵德，作品散见《中国诗》《诗中国》《明天诗刊》《西藏诗歌》《燕京诗刊》《羌塘》《西北师大报》《海南报》等刊物，作品入选《国际诗选》《新世纪新诗典》等。

李诗白的诗

奶奶

奶奶跷着二郎腿
像只老猫坐在院子
盛大的苹果树下
她抬着相伴一生的长烟斗
吧嗒吧嗒，一连几口
慢悠悠地吐着黑烟
一片片，在空中散落
好像足够用来擦亮遥远的日子。

李诗白，男，罗婺彝人，1989 年 12 月 25 日生，云南师范大学中国古代文学硕士在读，作品曾刊登于《诗刊》《滇池》等刊物。

李金福的诗

瑶王府

古老的乡村，天地间
荡漾着千古的梦
或翻山越岭，或汩汩流水
穿越了千年的时空

在瑶山瑶王府的宫殿里
是谁在把持着千秋万事
瑶王不在了
瑶王的荣光留在了缺瓦旧片

时光覆盖了这里的神采
可唯一不曾改变的是
被瑶山女人们世世代代
缝在衣背上的瑶王血印
这是藏在瑶山人心头永恒的希望

瑶山的女人们，带上千年的温情
穿过高山、越过风雨
她们轻轻拂去落在肩上的尘埃
瑶王府那斑驳的历史
在她们血脉里贲张着激情

李金福，苗族，80后，贵州雷山人。鲁迅文学院第25届民族班学员、贵州省第十届青联委员、中国散文学会会员。荣获重庆市第五届巴蜀青年文学奖、中国少数民族作家“我的中国梦”征文奖。出版有诗集《东方神女》《飞鸟带来的种子》《喊山》。

王雪佳的诗

望

已是深夜
火车行驶在黑暗中
除了偶尔依稀可见的几点灯光
黑夜里什么也不见
火车在隧道中穿行
我能想象到的只有白天见到的那巍巍山巅
路过的每一个小站都被安静所包围
人烟稀少
只有那些灯火透出些许昏黄的温暖
小站台的路灯下站着一个守夜人
手里握着电筒
射出的白光在这样的夜里显得十分寒冷
他直直望着驶过的列车
像一棵站成永恒的树
我想到了海上那个灯塔的点灯人
那点光亮虽在冰冷的海面上没有温度
像那束白光一般寒冷
可看到它的人却感到慰藉
就像不管你走到哪里
总有一束目光在背后关注你一样

王雪佳，女，1995 年 9 月出生，重庆市万盛区青年镇堡堂村人，现就读于重庆工商大学。

兰梦醒的诗

风在清晨去散步

一朵云停在湖面上
静静看着自己的影子
小红鸟担心打扰到它
特地飞到了一棵远树上
唱了一首晨歌

一株幼小的紫叶李
被歌声唤醒了
它晃了晃枝子
突然欣喜地挥动起叶子
告诉路过的风：
“看，我开出了一朵花。”
风朝它笑了笑
一口气飞回家
把这一路上的见闻
一五一十地
告诉了它的妈妈

兰梦醒，女，汉族，云南保山人，1984年12月出生。目前是云南保山一所中学的语文老师，业余写童话和诗。2013年起陆续在《儿童文学》《小星星》《好儿童画报》《中国儿童画报》《文学少年》等刊物上发表作品。

陈德远的诗

草地书

一片草地就是一个王国
小小的蝼蚁是她的子民
隐藏在草地里
筑巢、觅食、繁衍
秋风吹拂过的狗尾草
举起白色的旗帜
这些草地的子民
会不会
抬头仰望天空
会不会
把我当作异类

陈德远，1986 年 1 月生，汉族，云南宣威人，现为一名小学乡村教师，居云南文山。有作品在《诗刊》《星星》《散文诗》《北方文学》《延河》《云南日报》《滇池》《含笑花》等刊物发表。有作品入选多种诗歌选本。

吉候路立的诗

灾难

天神骤然降临
你我躲在三公里外的草屋里
不能恋爱
骑了二十年的骏马莫名死去
我飘在高空不能下来
你的百褶裙皱巴巴的
不能成为我的避难所
我绝望着
把爱情刻入你的忠贞
我将走在你的枯井边
祈求一场千年不死的火
永远把我燃烧
你也远远地看见
或擒拿我的灵魂
用来和那些吃人的魔鬼相提并论

繁华

无处栖息
高楼是一座没有骨头的假山
鸟的姿态
作为孤独的风景很美

我飞过你的窗台
你的时针不急不慢

蜷缩
深潭一角的石头是我的树杈
鸟的姿态
和人的姿态差不多
在黄昏时微微倾斜

我是会飞的雄鹰！
但我宁愿是池中无翅的游鱼

夜深了
城市不会睡觉
我闭上眼
只为了梦见
那些美丽的山峰

吉候路立，四川人，彝族，90后。北京师范大学现当代文学专业在读研究生。初中开始写诗，一直在学习、探索、创新的路上。

全文的诗

台北相遇

犀牛说，黄昏诗记忆最模糊的
时候
而黄昏，却是我想你最清晰的
时刻

你去往天际
我还在原地
一次触及
像度过了一个世纪

你是遥不可及的大海
我却只是一条小溪
在台北，我们日落时分相遇
可是，如果没有分离
又如何再遇

全文，湖北荆州人，90后，现为四川大学研究生。有诗作入选《青年诗歌年鉴（2015年卷）》等选本。

第六辑　中南地区青年诗人

蓝冰琳的诗

架在时光上的桥

慢慢得，我的脚步也慢了
桥边的树木把岁月吮吸在藤叶里
我就这样看着飞鸟飞过头顶
湖水柔情得照出我
波澜不惊的心

如果有风，那就更好
吹起一池绿水，波纹曾如此像
我心音的细纹，我曾深情得望着
昨天的你
我曾深情地望着水的波纹

架在时光上的桥啊
那么庄严神圣地举起我
如一束阿西比亚
我也会夜夜笙歌，也会字字酌情
架在时光上的桥，原来
我和你隔着一池时光

假如生命是苇草

如今，苍山已是暮年之时

风一吹，漫山的野草跳起欢舞
我不愿在黄昏之际与虎耳草争夺
苟延残喘的暮光
不愿在一旁摆弄姿态，那令人咋舌的脸庞

假如生命如苇草
我弯下身子，做出屈服的模样
所有的如同星光残留的碎片
像我的心情一样，无论怎样黏合
都会在风起时，落了一地

假如生命如苇草
任何一次潮水都足以淹没的苇草
我会在还未被淹没之前
把每一条通往晴天的路径
一一数清
而这里，水花四溅，依旧波涛汹涌

芦苇摇曳，有一种随风而去的坦然
假如生命如苇草，徒然
在这四壁苍凉的人间，唯有你
把生离死别说成了世间最美的承诺

石慧琳，笔名蓝冰琳，女，苗族。1996年出生，湖南泸溪人，现为吉首大学学生。

张海波的诗

白狗冲我叫

白狗冲我叫，
我以为它认错了人，
干坏事的肯定不是我。
从这里经过的甲乙丙丁那么多人，
究竟是哪个偷窥了那阳台上胸罩。
我没有干什么让狗觉着不对的事情，
唯一干过的就是想了会儿那个胸罩的主人。
如果这都能被狗察觉，
那我无可说，该说点这个女主人了，
她是一位单身女性吧，
因为这类人的狗很美丽但特别凶，
很明显，阳台上那只冲我叫唤的狗完全符合。
当狗叫唤的特别凶的时候，
一个烫发的女人出现了，
他朝我看了一眼，拉上窗帘，
那眼神和狗没什么两样。

张海波，汉族，笔名文帝小海，89年生，陕西柞水人。诗歌、散文散见于《诗刊》《诗江南》《青年作家》《诗歌月刊》《广西文学》《当代教育》《太阳诗报》等刊物。

马小强的诗

在城东公园

紫色的花朵在竹林里绽放
青色的藤蔓缠绕在瘦弱的竹子上
竹子往前走一步，藤蔓就跟着走一步

一些花朵开了，一些花朵败了
一些树青色的叶子，一些树叶子已枯黄
一些叶子落下，散落在另一些落叶上面
轻轻地，像我们匆匆走过的脚步

几乎所有的树木和花朵
我都叫不出名字，更遑论科属
这么多让我心生敬意的美好事物
我愧歉我好像从未真正关心过它们

马小强，男，汉，1982 年 8 月 7 日生，陕西省延长县人，现居湖北宜昌。宜昌市新诗学会会员。作品散见于《芳草》《延安文学》《散文诗》《诗选刊》等。曾获武汉大学“首届全国大学生樱花诗赛”创作组一等奖、“首届中华校园诗歌节”大学组二等奖。有作品收入《最经典的诗歌》《2003 年大学生最佳诗歌》《2003 年中国校园文学作品精选》《2004 新诗代年度诗选》《第三条道路(第二卷)》《长安大歌》等选本。

萧逸帆的诗歌

困惑与安静

也许我们得到的困惑
只是具象的迷雾
也许安静
只给了我们安静本身

无解的困惑
给了困惑美感
安静的你
这个世界陪你安静

若论离去的人
他让我们长久地困惑
世界却还给他本有的安静

萧逸帆，本名陈智鹏，男，汉族，1992 年 11 月 17 号出生，娄底人，英语老师、诗歌翻译、《芙蓉国文汇》主编。发表作品和获奖若干，出版诗集《逸步轶诗》。

成枫的诗

活着

风把树叶吹累了
落在地上，任人践踏
把尘土吹散
飘向四面八方，不带一丝气息
但我常常在夜里听到，不安的声音

像孩子的哭声，或女人的怨诉
偶尔夹着尖锐与悲伤
钻入生活
如此清晰的疼痛
让活着的人想死去
让死去的人翻身

成枫，本名成志强，男，汉族，87年2月生于广东连州，现居广州。与木偶、秦澜共同主编《微光诗刊》。有诗作散见《杉乡文学》《南方日报》《清远一周》《诗词报》《新城市人》《长江诗报》《佐诗苑》《飞鸟》《南山下》等刊物。

何婷的诗

十四行诗

大风吹过原野
出生的念头，因为土壤
的苏醒而被搁置下来
敛翅的秃鹫迅疾掠过树梢

整个山冈，整个秋天
都充满着少女的气息
那个发辫上缠着藤蔓的少女
妄图进入谁的血液之中，繁茂

熟透了的柿子，灯笼
似的挂在树上招摇
饱满的内核散发出甜蜜的香味

昨夜降下入秋以来最寒冷的霜
裙摆的白纱在水面浮动
藤蔓上微小的花朵顺水漂去

台风

桃花奏响春歌，驱策我
汇聚在胸膛的血液

不必等待，不必在风暴之前
徘徊在城门等待，不必
喋喋不休向我展览你的饥渴
我就要成为言语的宠儿
在未知的洋流聆听万物的

呢喃。会的，我会怀念你
宛转的舌头。铭记那些
最终驶进秋天的醉舟
我已经看见——
沉潜的鱼群从梦魇中醒来
风暴中心，我就要切开血管
跟一无所知的呓语对膝长谈

何婷，女，汉族，1994年11月生，云南大理人，现就读于广西民族大学文学院写作班。

黄宇的诗

祠堂

古老的祠堂，有弥漫的气场
祖母在佛前合掌、叩拜，念念有词
我这里寻找神灵与祖先的踪迹
庄严而神圣
我在为世界祈祷永恒的平安
我与祖辈并肩行走
当未来某天离开乡村，在远方漂泊
有一种沉重的情感总牵绊着我
我闻到清风穿堂的芬芳
它正来自于南方

黄宇，青年作家，诗人，中国作家协会会员。曾获第二届《人民文学》“包商银行杯”全国高校文学征文散文一等奖、第五届《人民文学》“包商银行杯”全国高校文学征文诗歌二等奖、第六届珠江国际诗歌节诗歌人气奖、首届广东省高校校园作家杯诗歌一等奖等。文字散见于《人民文学》《作品》《星星》《诗江南》《文学界》《羊城晚报》《湛江文学》等报刊。

金格的诗

纸上生花

紫薇花落，秋意渐浓，孤单弥深
神的发丝自天际垂落
神的脸穿过薄云如薄雾
树小如草，我小如无，你虚如无
也许我们彼此看见
也许只是夕光镜，旋转又旋转
亿年前，天水一色皆蓝
看你内涌花泉，纸上生花
不过是悲凉的清香

等君来

秋天的春雨很细地很细地落在地上
手拿捧花的不是我

秋天的柳叶像一条条火车在飘动
我希望我喜欢的人喜欢我
此时此刻

凉月上升，白露下降
十七次的喜悦漫上来

我希望所有的你向着我

金格，女，汉族，出生于1990年9月，湖北襄阳人。是武汉市汉阳区田家台小学。。在《桂子山诗选》《中国诗歌》《北方作家》《新诗路》等刊物上发表过诗歌。获《北方作家》2016年年度青年诗歌奖。出版诗集《落花人独立》。

举子的诗

我站在田坎上指认一只过往的乌鸦

在故乡的这条田坎上
我感受到七月
没有开始流火
一只乌鸦飞过我母亲的头顶
它把恐惧一针针刺下
让这位慈祥的女人头皮发麻
她肩上的一大袋玉米还成了帮凶
天还没亮，它们就伤了母亲的腰

今天
我指认一只过往的乌鸦
给它的黑毛染白
给它内心加持愧疚
告诉它在善良的人面前
学会低头

举子，本名曾德举，男，壮族，1983 年生于广西来宾市。作品散见于《南楼丹霞》《麻雀》等民刊，有少量作品在公开刊物发表。系南楼丹霞诗群、麻雀诗群成员，现居广西柳州。

罗英豪的诗

凉

翻手覆手
连风都没有
神明还未陨落
漫长的冬季正要来临

从此黯淡了歇斯底里
寒冷赴我梦中约
若还不将双眼闭上
黑眸的亮光也会被狂风吹灭

最后的抵抗叫作等待
最后的挣扎爱上无奈
活着本就是个玩笑
命运也会捉迷藏

罗英豪，男，汉族，1999 年 2 月 14 日生，武汉外国语学校学生，居住地湖北武汉。

欧宜准的诗

醉江南

江水从江南的叶脉中渗透出来
一滴一滴溯源离人的泪
因为执手凝望的等候
长生不老，江面两只孤舟相守
舞动的帆似高楼上的水袖
明月煮出来的水清凉得让太阳垂涎
沏一壶碧螺春整个春天便在手掌之中
安静得能听到花香流淌的子夜
鼓动帆影的风不耐烦地掀开壶盖
在撒满烟雨的梦里李白也为之沉醉
发黄的竹简裂缝中流动着唐朝的风
盛唐虽不在风仍吹竹林
茅屋檐下隐士的洞箫吞吐着前世的曲
虽已是今生曲仍绕青山
醉了诗人的茶
醉了离人唇上的朱红
醉了不同人相同的月光
沉醉的江南不小心打翻
岁月的酒坛

欧宜准，男，汉族，生于1989年7月，现居湖南醴陵，株洲市作家协会会员。作品散见于《诗刊》《词刊》《飞天》《中国诗歌》《西北军事文学》等刊物。

王谨宇的诗

萤火飞过的故乡

并不是所有的事物
都有来历
并不是所有的事物
都能在雨后复活
在乡下，有时一阵风
就是一场葬礼
有时从一棵古树、一座庙宇
可以窥见
一个村庄的秘史

王谨宇，男，黎族，1987 年 3 月出生，现居海南陵水，陵水县青年诗人协会副主席。作品散见于《星星》《中国民族报》《海南日报》等刊物，入选《新时期中国少数民族文学作品选集·黎族卷》等。著有诗集《那个向命运索取月光的人》。

杨泽西的诗

生死疲劳

听到朋友姥姥去世的消息后
他立马往家里打电话，确保家人的无恙
他的敏感来源于他修炼已久的“迟钝”
比如去年他祖父脑出血的一把刺刀
扎了他好久，他才肯吐出一口鲜红的血液

他平静缓慢地给人讲述：
一个农民工坠楼而亡的死讯
一个乞丐冻死街头的新闻
一个山村一家七口一夜之间喝药自杀的消息
以及一个大学生跳楼自杀的事件
他的“迟钝”来源于整个时代的敏感

他知道，相比于说出“死”
“生”——
是个更加难以开口的词

杨泽西，男，汉族，1992年生，河南大学民生学院学生。获首届玉平诗歌新锐奖、第四届全国大学生“野草文学奖”、2016邯郸大学生诗歌节一等奖等奖项。诗歌散见于《中国诗歌》《星星》《诗歌月刊》《星河》等。著有诗集《第三面》。

依依的诗

尘埃里开出妖艳的花

破旧的巷子
霓虹灯的闪烁是夜晚最撩人的色彩

齐肩卷发，连衣短裙的女人
白色的烟圈与她的烈艳红唇很配
形形色色的路人
她早已练就一眼识人的功夫

在尘埃里
开出了一朵妖艳的花

依依，本名薛秀霞，女，汉族，1982年生于广东梅州，现居东莞。喜欢写诗与画画，作品散见于报纸杂志及公众号。

盈盈的诗

东岳泰山（节选）

一

凭什么要仰望你？大地的尊者
你在中华民族的胸膛拔地而起
黄钟大吕是你的广度。你雄你美
你的四大奇观，幽旷奥妙与秀丽
六个汉词筑成的磅礴震撼着我
风经常伸出小指头把云朵拽下来
站得高看得远，与视力无关
闭上眼睛，辽远的事物才更逼真
秦始皇封禅、汉武帝俯首
高矣极矣大矣特矣壮矣赫矣骇矣
形容词与感叹词联袂，赫赫巍巍
形象而抽象的高度豪气干云
所有的抒情无师自通
会当凌绝顶，一览众山小

二

天空每日高一丈，大地每日厚一丈
一个叫盘古的伟大诗人在此开天辟地
呼吸的气化作了风，声音化作了雷鸣
眼睛一眨一眨就是蓝光、是闪电
高兴时艳阳晴和，生气时阴雨连绵
像辩证法一样永恒。时间摧枯拉朽

舍我其谁的禀赋倾倒芸芸众生
精神云游在外，三观被超度
阴阳界泾渭分明，指点浮生
你是一座多维的标杆和镜子
丈量家国天下，观照世道人心
耕耘一份亘古不变的蔚蓝和辽阔
连绵山脉与云海玉盘遥相呼应
摁住我的不逊之心。我错了
举洪荒之力拯救一只蚂蚁绝不是公平
长江黄河像小溪一样日理万机
滥用小爱，会让大地失去更多色彩
用小草的标准去要求一座大山
是可笑的。达到你的高度和境界
许多行为确确实实就是生活小节

盈盈，本名黄维盈，女。曾获第四届李白杯全国诗歌大赛优秀奖、第三届“诗兴开封”国际诗歌大赛优秀奖、第七届“包商杯”全国高校征文诗歌优秀奖。曾在《文学报》《中国青年报》《中国魂》《四川诗歌》等报刊发表过作品。

云阳的诗

归处

揉碎的光阴，
分散成一个个颗粒，
一半归于尘埃，
一半渗进云彩，
我抬头望见七色云彩，
却发现自己成了尘埃，
漂浮于流转的光阴，
我看到了自己的归处。
仿佛曾经来过，
也许梦中来过。

云阳，男，本名董春阳，汉族，1998 年 1 月 20 日生于河南焦作，现就读于河南大学。多次在征文、诗歌大赛中获奖，入选河南省高校文学联合会“优秀青年作家”，出版个人诗集《北风》。

张艳庭的诗

听马勒《第九交响曲》

午后的时间被放在镜子的背面
没有光照耀到我
语言的正面
我悄悄潜入时间的堡垒中
让自己被秒针的政变颠覆

下午就这样悄悄溜走
就这样被拒绝言说的人
留在了石头的法庭里
以接受天空中一只鹰的审判

音箱里正播放着
马勒《第九交响曲》
播放着黑夜里
被镜子浸泡过的白天

我在被阳光穿透的杯子里
饮用茶的香味
这是被镜子改变过模样的人
他冷静地述说了
这个下午的一场原子间的战争

曾波及到我内心的边境

张艳庭，男，汉，1983 年生，同济大学创意写作硕士研究生在读，河南省作家协会理事。现工作于河南焦作文联。出版有《你好，生活》《摇滚乌托邦》《我是文艺青年》《心有猛虎，细嗅蔷薇》。作品发表在《作家》《诗歌月刊》《诗林》等百余家报刊，曾获河南省第七、八届五四文艺奖、《诗林》年度诗歌创作奖等奖项。民刊《延伸》诗刊主编。

牙侯广的诗

新家

搬进新家，一切都是新的
锅碗瓢盆和新鲜的水源
只有我是陈旧的
可这又有什么关系呢
我还爱着每一寸清新空气
打算明天去打听菜价、油价
以及红枣枸杞的贵贱
躺在床上，细听窗外寒风呼啸
灯火未眠

山药

我和母亲扛着锄头
爬上坡地，刨遍了大半个山头
只为找到一根根山药
我几欲放弃，而母亲
仍在默默地低头掘土，直到天黑
下山时，她小心翼翼地驮着箩筐
手抓着陡峭山路边的杂草
对我说：明天可以拿去街上卖
你的生活费不用愁了

好像那是她最高兴的一天

牙侯广，男，壮族，1991 年生于广西凤山县，现供职于广西民族师范学院党委宣传部。有作品发在《中国诗歌》《广西文学》《光明日报》等报刊，出版诗集《山魂水魄》。

游天杰的诗

赞美

强光在她的体内歌唱
天空里冷却下的酒焰
肚脐上覆盖着白云
岩石、野花和流水

小窗记

小窗上的一片干净的蓝天
若隐若现的云
羞愧而洁白。在远方
有流水惬意和小山的笑姿

现在，透过小窗，除了蓝天
和缓缓飞旋的落叶
什么都看不到：耳边，一只鸟儿
啼鸣，撕心裂肺

游天杰，1987年生，惠州人。广东省作家协会会员、《光年》诗刊主编。曾获全国大学生樱花诗歌奖、全国校园网络文学大赛铜奖等；有作品发表在《读者》《诗江南》《诗潮》《上海诗人》《延河》等；出版诗集《时光字典》《骰子的秋天》。

庄海君的诗

树下

有星光、有神灵、有秘密
还有说不出的泪水
它的沉默深于我们的沉默
祖父背着父亲、祖母背着我
叶子遮着树、树遮着我的日子
我在树下磨刀，左手月亮
右手太阳

远处，禅音终于响起
我们只是端坐，安静地看着
万物一般的夜
某山某寺，某棵树下
有风声、有背影，经过
一点一点落下
一寸一寸地断开
这回，我们都忍住了哭泣

庄海君，男，汉族，1983年11月出生于广东陆丰，现供职于汕尾市城区凤山中学。《百草园》主编、中国诗歌学会会员、广东省作协会员、汕尾市作协副秘书长。在《绿风》《新诗大观》《散文诗》《关雎爱情诗刊》等刊物发表文学作品千余篇，入选《中国诗人诗典》等多种选本。获第三届中华校园诗歌节教师组“二等奖”等80多种奖项。出版诗集有《风与花的爱情》《十个太阳》等四部。

席笛海的诗

向远方更远的地方眺望

在冬天的夜里，我穿过了一道道街巷
卑微和崇高向我袭来
就像一颗贴在云朵怀里的星星
风一吹就失去了依偎
也许在繁华的都市里漂泊无助久了
想找一个靠岸
让身躯和灵魂都停泊下来

向远方更远的地方眺望
在这座城里的街头巷尾、天桥上
与我心目中的神对话
与海子谈论一个春天的冷暖
与肖邦合奏一曲《小夜曲》
与萧伯纳导演一场人生舞台剧

我的眼睛所能眺望的地方
我的耳鼓膜所能窃听到的地方
我的足迹所能到达的地方
都愿在青春的年华里
做一次长途的跋涉……

他们说：远方会更加孤独、更加无助

我说：北极星能够照亮漆黑的夜晚……

席笛海，原名麦智明，男，汉族，1987年生，广东雷州人，80后作家、诗人、独立音乐人。广东省作家协会会员、广东网络文学2013年高级研究班学员、广州市文学艺术创作研究会会员、香港诗人报社联盟会员、梧峰诗社第五届社长兼《梧峰诗刊》主编。

庄毅滨的诗

离开与到达之后

那是一丛芦苇
即将腐烂在这一摊淤泥里
摇曳着曾经看似绚丽的舞姿而今已苍白如斯

历史是时间的集
收录着一个个从出生到灭亡的故事
校对着曾经的选择在不同时间的对与错

笑或者哭泣着
咬牙吧或者攥紧手心
当这一切化灰烬于此
后来，是否也从这里开始？

庄毅滨，男，汉族，1986年出生于泉州泉港，现工作于四川遂宁，作品发表于各类诗刊。

梁书正的诗

根茎颂

那些埋在土里的骨头啊
根茎穿过它们

馈赠

从陈旧的木箱子里，母亲翻出了
丝瓜种、南瓜种、冬瓜种
她一样样，小心翼翼地倒出来

神龛上，奶奶的遗像平静、安详
她留下的馈赠，就要被母亲，种回田野上

春天颂

我看到的叶子，肯定不是去年的那一片
我看到的蝴蝶，肯定不是去年的那一只
甚至，我看到的那个老人啊
肯定也不是我的奶奶了
可这又有什么关系呢
万物生长，一定有很多珍贵的事物

又来到人世上

梁书正，男，85年生，湖南湘西人，湖南省作协会员，作品见于《诗刊》《人民文学》《人民日报》等。作品入选《2015年中国诗歌精选》《2015中国年度诗歌》《2017天天诗历》等选本，获“紫金·人民文学之星”诗歌奖、湖南省作协“潇湘杯”二等奖、入围“华文青年诗人奖”。现工作于花垣县文联。

钟仁安的诗

务本楼

夏秋交替的时刻
这个小村庄长此以往
稻花在晴一阵阴一阵的天空下
肆无忌惮地怒放、盛开

一群老人坐在门墩上瞎扯
关于谁家的娃儿当官发财有出息
直至傍晚才不甘情愿地各自散去
对他们而言就是乐此不疲的老生常谈

顽童们或者捕鱼或者掏鸟窝
又或者费尽心机偷挖三叔的红薯
等待他们的将是一顿
山雨欲来风满楼的“严刑拷打”

今夜，我再次梦回童年的务本楼
坚强的土楼夯实了我的雄心
总有一天我会老去，但不能默默无闻
要让清晨那缕金灿灿的阳光迎接我

钟仁安，80后，笔名凹凸，广东紫金人。著有诗集《寄居在诗意的屋檐下》。系广州市青年作家协会理事、广州市青年作家协会河源分会主席。有诗歌被收录《青年诗歌年鉴(2015)》、《广东青年作家精品文选（2015–2016)》。在《广州日报》《诗词》《广东诗人》《青年作家》等刊物发表了大量诗歌作品。

王瑞玲的诗

心事

我想对你说出犹豫已久的心事，
可你的世界灯火辉煌，
我疲惫地关上门，
看着窗外的雨，
糖果慢慢消融，
合着心事，
在口中消逝。

王瑞玲，女，28，祖籍河南，毕业于华南师范大学，目前在广东白云学院工作。

林哲的诗

皂花纷飞的岁月

皂花纷飞的岁月
是母亲用粗糙的手
握着蜂花香皂
为年幼的我们沐浴
鲜花的芬芳
溢满了童年

皂花纷飞的岁月
是我们偷偷削下皂片
铁圈蘸着肥皂水
用阳光串起晶莹的珍珠
闪亮了童年

皂花纷飞的岁月
是我们在成长的彳亍中
苦苦追求着
肥皂洗过衣服后
混着阳光的好闻气味
家的温馨

林哲，女，90后，目前在福州某机关工作。

袁园的诗

荒草丛生

那天早晨
染上静悄悄的赭红色
推开窗
白鸽吓得落荒而逃

我安抚着熟睡的胳膊
五光十色，忤逆的交通灯
那个女人的红色高跟
越过了斑马线

我举着把伞
他点着灯
他们走过
不看任何人一眼的
高高从他们身边飞过

我狠狠地笑了一下
再不抓住机会
就要悄然离去了啊
为什么你不说话

乌鸦替你说了吧
呱呱呱呱呱

他向左，她向右
并没有什么怪念头

我们穿着线条踩着线条
看着线条变成线条
我们软绵绵的
像被放在锅里煮的面条

袁园，1995年8月出生，毕业于湖北经济学院。拒绝归类，拒绝世俗；热爱诗歌，剥离于尘俗。

陈琼的诗

断篇

——记于冬至

时间如同一个背影
独自向前人们不识其真面目
日子如同简单素描
看似平淡并且毫无乾坤

与此对照的
应该是历史上的一场兵荒马乱
需要浓墨重彩铭心刻骨
那时风景广阔而时间悠远
“大漠孤烟长河落日”
“林花谢了春红”

此外故事异常曲折
风与月本来情义深厚
后来大动干戈
水与火本来怒目相对
后来义结金兰

一切现象和篇章
无非白纸黑字立于书架
然皆为时间俘虏

如同傀儡心情沉重面目庄严
此刻唯一存在的
是冬至节的一场暮雨

夜色

承认诗歌中没有夜色
人来人往是在蛰伏之后
蝉声历历依然在午夜响起
为了证明午夜更加适合生存
人们支起耳朵
听见玄天黄地的声音
而且此时往往真情流露

我所说得真情流露
花开与喧嚣
各占半壁江山
花开的意义在于记录昼夜交替
与所属的季节无关
喧嚣仅仅使俗世稍感不安
与所属的诗歌无关

至于夜色的降临
那是在经年之后
只要在诗歌面前保持安静
并且面对真情无动于衷
那么夜色苍茫天荒地老

十月

阳光与树荫之外的路上
我是唯一行走的人
现在是十月的最后一天
假如此刻不是秋天
时光会变成哪般模样

仿佛很久以前养成的习惯
突然成为陌生的朋友
需要信件进行沟通
描绘落叶是否纷飞
四季是怎样轮回
以此缓解与世界紧张的关系

陈琼，男，90后，湖南衡阳人，华侨大学在读研究生。有诗作入选《青年诗歌年鉴(2015年卷)》《每日一诗(2017年卷)》等选本。

刘郎的诗

一个人逛街

一个人逛街。满大街
行走的人，他一个也不认识
也没有人认识他

大隐隐于市，就是这样的吧
他一个人从长街的这头
走到那头，再走回来
如此反复。如此反复啊

值得停留的
都是曾经抛弃的。值得停留的
都值得再抛弃一次

阳光下的上午

我曾遥想过的。
夏日的阳光，照着
野葛和木瓜。照着
铁皮屋顶。
目光顺延过去。照着
短墙。照着
大面积繁茂的厂房。

再细小一点。照着
从厂房挤压出的人流。照着
他们胸前佩戴的厂牌上
不同的工段和名字。
我们再把目光放大。
大到能看得足够远。
夏日的阳光，照着
一切高尚的或卑微的
人，以及物。
而我，如此虔诚地爱了他们
整个上午。

酒后，一封信

天越来越冷了。我
喝酒的次数，越来越频繁。
有时，一天两次，
一个人。菜多菜少
没有关系，但一定要有
好坏也没有关系。
当然，有人陪着
更好了。有人陪着，
菜可以多一点，也要
好一些。我并不是特别
期待有人陪着。有时
一个人，也能喝出两个人，
三个人，好多人的感觉

有时，好多人一起喝，反而
倍感孤单。张小夏，
我对你说这些，跟你
并没有什么关系
我只是，想说一说而已。

刘郎，男，1990 年生，河南商丘人，现居深圳。

朱安娜的诗

解禁春天

可知　我是你前世的泪
随季节流转飘落成雪
始终难以抵达彼岸
天空不空
还有漫天纷飞的思念
等你绽放一树姹紫嫣红
递上我背诵了一冬的告白

风儿伸出微凉的纤手
打开春天的门
你嫣然一笑
便孕育了春天的暖
我在城外丢兵弃甲
放弃了封锁你的城

我用满腔的深情
融化了自己
或许　你会无意中发现
温润的雨正顺着屋檐滑下
敲在大地的键盘上
奏响了一条河流的乐章

朱安娜，女，汉族，出生于1982年1月，广东河源市作协会员。

原梦田的诗

天堂

坐在天堂
坐在天梯上
看着这一片草原
属于哪一个国王

多少马
多少羊
多少箭斛弓矢
多少望不到边的金帐

千年尘往
天堂空旷
如此荒凉，如此荒凉
将我的夜歌吟唱!

原梦田，90后，洛阳市高校文学社团联合会副主席、洛阳师范学院尺八诗社社长。曾获第十一届全国大学生文学作品大赛一等奖、河南省第十五届大学生科技文化艺术节诗歌一等奖、“爱我百年洛师”诗词征文大赛三等奖。

第七辑　东北地区青年诗人

蓝格子的诗

游戏：搭积木

一整天，我们
都在房间里搭积木
感觉像是在织一张网
彼此联系
刚开始，还沉浸在自我创造的乐趣中
但每增加一块
我们的视线就要跟随它
一起抬升。我们逐渐意识到
危险就源于自己的双手
你抓住我的手腕：
“不能再加了——
会塌掉。”
我听出你声音里的颤抖
如同蝴蝶震动翅膀
亲爱的，对不起
是我说“嗯”的时候
顺手在上面又加了一块
致命的那块

山林之诗

秋天已经降临。身边的树

还坚持着自身尚未完全消退的绿色
再晚些就好了，整座山
都会变得五颜六色
我们用去一个下午的时间在山中闲逛
对于秋日之辽阔与大地之苍茫
却并未真正理解
去年我们就到过此地
遇到一只从树上跳下的松鼠
现在，没有松鼠
风依旧从山林吹过来
我们总是不能免于被记忆所牵扯
而无法让一座山、一棵树
或一段路，为我们分心
天气发出越来越凉的讯息
马上就是深秋，接着是冬天
万物沉浸在自己的命运中
无法自拔。我们也只好低头
继续走。仿佛有一种
藏身在密林深处的孤寂
正等待我们去造访。

一件旧衣服

每当夜色聚拢，我就
把它拿出来，然后
将自己，放进去

只有此时，我才触摸到我自己
太久了，它跟着我
从昨天到今天
从一个城市，到另一个城市
上面已经磨出破洞
偶尔有月光照进来
穿过我，布满灰尘的身体
现在，有可能
我就是那件旧衣服
或者，我比它
还要旧

蓝格子，1991 年出生，哈尔滨人，暂居大连。偶有作品见于《星星》《诗刊》《扬子江》《作品》《中国诗歌》等。

禾吟汐的诗

穿过天空的鸟群

那些遇见的鸟儿后来都飞去了遥远的地方
有一些还会再飞回来
我知道鸟有比天空更高的意志
它不关心在哪飞，往哪飞……
它的生命只充盈着自由与纯然
多好啊，我愿站在人间最低处俯仰你
用我透明的眼睛、用我无声的静默
偶尔也踮起脚、张开双臂
幻想自己是一朵云
被你穿过

白天鹅

他们之间，许久不说话
大家都有点老了，雪越下越大
再也走不回当年的岸边
两个慌乱的身影
一河灯影浮动下
少女羞怯的脸
他还记得她穿白棉衣
高挽的发髻，像白天鹅一样

禾吟汐，原名李鑫，1988 年生于辽宁辽阳，现居大连，从事文字编辑工作。

王静静的诗

单薄地存在

像蜻蜓一样行走
才得以还原生来的矜持
就像
刚刚入住的房子
虽没有寒暄的宾客满堂
却也没有经年的尘垢绕梁
十分的月亮
我只留三分的月光
剩下的
全都放走

我想望着风

深夜，我告诉自己
要有章法
只要风起，风铃依旧响动
这个世界就还是正常的
当我面对山，山就是山
当我闭上双眼
风就是你

王静静，女，24 岁，毕业于东北师范大学，前原诗社主编，工作于船营市区实验小学。

袁永苹的诗

北京 10 月 14 日，雾霾

烟雾中耸立的群山，白病房。
鼻腔中的癌症，肺里的疯狂马戏团，
一条马路上的信号灯，
那边和这边，隔了一个真中国。
那时，我的脑中站着儿时辽阔的童年，
乡下，黎明和夜晚亲密无间，
阳光如同洁白的新生儿，
通体透明的乡村，树与树间爱在闪烁。

日常

那些天的黄昏
室内被孩子呼出的
温柔睡眠充斥着。
黑暗趁我们睡着默默
侵入了这个家。
我躺在她旁边，
看着她被黑暗如纱般
遮盖的小脸，厨房里
传来炒菜的声音，
隔壁有一对情侣在欢笑。

对面楼上的灯光幽蓝，
多少个黄昏都在此刻
被召回，一起流泪。

袁永苹，女，1983 年生于黑龙江，获第七届未名诗歌奖、复旦在南方诗歌奖、DJS 诗集奖，曾出版诗集《私人生活》，诗作入选《剃须刀》《当代诗》《汉诗》《中西诗歌》等，偶有诗歌评论和少量小说发表。

祝珊珊的诗

信鸽与梵蒂冈

左脚踏进梵蒂冈，右脚还在罗马
城邦小小，青砖铺地，石柱上立着神像

信鸽漫步，如同圣彼得教堂里的神灵附体
肃穆，方肩碑坐落中央

没见到吉卜赛彪悍的妇女
让人高度警惕的广场，小偷忽视信仰

天方，地圆，墨绿色的大钟敲响
信鸽驮走梵蒂冈

答案

我们是被命运之手握紧又松开的雨滴
从天空落进土地或者海里

在散落的过程中
不幸地被风撕碎，幸运地融为一体
还有一些从始至终都不曾相遇

我们沿着自认为正确的轨迹降落
与风情万种的人群擦肩，与一树花开结缘
即使化作一缕青烟，也没有人转身离开

祝珊珊，东北地区高中语文教师，1987年生人。作品散见于《80后文学史》《诗选刊》《语文报》等刊物。合著诗集《和鸣》《心念花开》，自印短诗集《风中的三色堇》。

陈齐阳的诗

华夏的南海

自上古之时，南海已属华夏
神农氏治下，交趾已为其地
秦时始皇帝，置三郡治南境
汉代武皇帝，收南越归中央

华夏先民，秦时已经营南海
于珊瑚洲上，以铁网取珊瑚
汉代兴盛，海外诸国朝贡之物
多经南海而来

南宋时期，便卫戍南海
巡海水师，延续明清
未曾间断

历史不容忘却，铁证毋庸置疑
南海属于华夏
南海属于中国

陈齐阳，男，汉族，1997 年 10 月生，江西九江人，现为大连大学音乐学院文艺编导专业学生。高中阶段曾以《岛，岛，岛——钓鱼岛抒怀》获九江市作协谷雨诗会二等奖，有少量散文、诗歌作品散见地方报纸，诗歌入选《青年诗歌年鉴（2015 年卷）》。

独竟天涯的诗

喝酒

酒杯的穴道你解释给学弟听
老子讲给儿子听
领导讲给手下听
大哥讲给小弟听

此时我们用最完美的诠释
解释身体的不适
譬如头疱不适合饮酒
消炎的酒精不好弄

接下来是，勉强饮之
再然后推杯换盏
再后来，酒喝满了桌子
也许明天还会是同样的说辞

独竟天涯，原名杨旭光，吉林省双辽市人，男，汉族，1985年9月7日出生，写诗七年多了，只在网络上游走，可见各大网络文学论坛。

刘雨芯的诗

从日喀则到纳木错

见到无数的天梯
听说有个属于海子
我也想要一个
上师说
一切都是无尽的六道轮回
风来了，吹动五彩的经幡
随着人流一步一跪
我不是修行人
只是装成修行人的样子
顶礼膜拜

刘雨芯，本名刘芯语，女，汉族，1991年1月15日生于辽宁，峰华星驰文化传媒、麦格艺术创始人。

水子的诗

玉皇洞浮沉一个旧址

沉默的人间，黑暗中打开莲花
犹如神的一秒掠过，地府、天堂、巨蟒
石头中奔跑着一头云豹

所有的石头都诞生在水的尽头
为天堂指路，玉皇洞浮沉一个旧址

这里的人间无人认领
路过石窟群的人，在三界之外回应火焰
众神把火留在了身后

在张家界，我不是那个自带水源的人
我呆立于石窟与石窟之间
像一个个巷子，穿过我，反刍万物

真理都生长在石壁上
没有人能够剥离上面亘古的时间

我似乎忽然滴落下另一个自己来
听到来自远方的呼唤和叮嘱
由远及近，又由近及远

水子，本名刘艳丽，女，黑龙江省作协会员。诗歌散见于《诗刊》《星星》等刊物。

倾蕙宁的诗

偏入梦

彩蝶采花采不到往昔湮没向东流
班禅参禅参不透旧日掉落一叶愁
绣娘绣一幅凤凰于飞梧桐瘦
醉翁举盏感叹千古兵马战鼓休
门扉染绿染上了江南早春碧苔秀
窗棂袭香袭几抹桃花扑面胭脂柔
珠帘后古琴声声曲盈袖
笔墨洇纸诗词歌赋吟咏红酥手
折柳送君万里　离别恨幽幽
但偏偏入梦　夜夜相思枕边流
夜半镜内白发三千岁月游
待君归后　细数过往再从头

倾蕙宁，原名初航，女，1988 年 5 月生。曾获第七、八、九、十一届中国少年作家杯一等奖、第九届全国新概念作文大赛 A 组（高考组）二等奖、第十一届全国青少年冰心文学大赛金奖、中国小说学会“文华杯”全国短篇小说大赛一等奖。2008 年被收入《当代中国青年作家大辞典》；2009、2011 年度被评为中国青年作家“小说十佳”，被授予“中国百名青年作家”荣誉称号。

林倩倩的诗

我把脚步留住

我把脚步留住，
不仅仅为了一场属于风景的守候。
当空气里还夹杂着雪花的温度，
漫山的杜鹃却早把天空红透。
是谁，
把那一江春水吹皱？
在杏花微雨中，
用一曲笛音把真情流露。
又是谁，
让桃花映红了衣袖？
看着儿时的竹马，
转身回眸却把青梅来嗅！
依旧记得，
那场童话般的邂逅。
你用双手，
铺开了一场春的画布，
任着斑斓的笔，
将一片空白尽情挥触。
请谅解，
我的执着，
我的等候，
因为柳叶的思念，
早已将吹起长发紧紧系住。

请不要，
把现世红尘的风景看够。
因为还有我，
为你种下了一颗，
属于相思的红豆。

林倩倩，笔名语诺，女，汉族，生于 1993 年 2 月 3 日，现为长春师范大学大四学生，在《文化吉林》做文化类记者。

孙诗尧的诗

跨年

释放，是一种美德，树木释放枯黄、琴键释放乐章
像白山下长出的肉身，雪一般洒满天下
然后在黑水里，照亮流浪的路
回乡、回乡，竟和夜里的睡眠一样艰难
手稿凌乱，工资条愤愤不平
该热爱我们所有的拥有？包括那些丢弃的事物
长期意淫于汉语，却从未有过高潮，像一个爱无能的侏儒
新年里，我祈求死亡，这世界唯一永恒的方式
寂然的冬，野猫窜来的诗，是我唯一柔和的眼神
像个孩子一样，我染上了孤独

孙诗尧，女，满族，1986 年 1 月生于吉林省长春市九台区。作品散见《星星》《中国诗歌》等。曾参加 2015 中国·星星大学生诗歌夏令营，现为西北民族大学中国少数民族语言文学专业在站博士后。

李娜的诗

逃离冬季

苍茫茫一片荒凉，
白戚戚无比耀眼。

不喜欢这样的白昼，
闪着晃眼光芒的大地啊！
你到在炫耀什么？
你伪装的圣洁不过是天赐予的几片洁白。

不喜欢这样的黑夜，
反射的皎洁月光的大地啊！
你到底在虚伪什么？
你强装的纯净不过是月怜悯的几道光芒。
可是月啊！你的光芒何来？
还不是地球、太阳、月亮绕成的神奇力量？

逃离冬季，
逃离假装的圣洁与高傲，
逃离他物赐予你不自量力的高傲。

回归本真，
回归低如尘埃的谦逊，
回归高似神灵的灵魂！

李娜，80后，现供职于吉林省桦甸市临江小学，有短诗入选《中国当代诗谱》。

傅万泉的诗

我就是那个草把做灯的人

千万垛稻草
千万盏灯
而我依然做打磨石盘的火
幽静在深色
敲碎于心头

只是喜欢和提灯人沉静同行
只是喜欢听这古老而悠远焰火声
流经镜泊的溪水
去若朝露
沁入耳欣

今夜，在祖先的马蹄印下睡去
醒来渡口消尽在风尘之中
光阴把母亲拉长
一瘦再瘦———
淹没在荻芦萧瑟
而此时
半天是大地初凉
半天是银发如丝

春潮湖上

这萤火是寄养天边火鸟
打开幸福的翅膀
用雨露剔透
用晨光
寄养天地岬角
现在，我有足够时间去思考春天
闭上双眼，听湖水涌动的波声，静静在我耳畔流过
现在，我有足够时间去看船舶停靠在湖岸
慢慢地，望见枝头
春日，这饱含时光的初始，我的筋骨
不远处，蝴蝶飞起来，经过春天峡谷
涌动在湖

傅万泉，男，汉族，1986年11月出生，现就职于辽宁抚顺职业技术学院。中国诗歌学会会员、辽宁省传记文学学会理事、辽宁省孔子学会会员、高校文学社指导教师。诗作《雪晴》《六月的海鸥》入选《青年诗歌年鉴（2015年卷）》，创作的“田园诗歌手稿”被中国田园诗歌资料馆珍藏。

第八辑　诗歌评论

诗坛新一代的“集体登场”与个性展示

——《中国80后年度诗歌诗选（2012）》读后感

谭五昌

众所周知，“80后诗人”与“80后作家”的概念一样，是出生于20世纪80年代的一代文学新人对自己的文学史命名与身份定位。对于“80后诗人”（包括“70后诗人”及“90后诗人”）这一提法与命名，我个人并不认为它是一个多么富有学理性的诗学概念，不少评论家也持此论（顺便说一句，“80后”是一个颇为有效的社会学概念）。我在此并不想展开笔墨来探讨“80后诗人”或“80后诗歌”这一概念学理上的有效性与合法性，而是想指出，“80后诗人”及与之相关的“80后诗歌”这一概念的提出，反映出诗坛新一代写作者强烈而自觉的代际意识，他们在潜意识中就是要与“父兄辈”诗人的写作彻底拉开距离，展示出他们新一代诗人全新的艺术风貌。尽管从诗学层面来看，20世纪80年代出生的一代诗人（即时下流行称谓的“80后诗人”）与20世纪70年代出生的一代诗人（即所谓的“70后诗人”）在诗歌写作上也看不出截然的代际差异，更多的倒呈现出两者之间在美学经验与艺术风格上互相呼应与认同的情形，因而，所谓的“80后诗歌”更多的是一种文学史想象中的诗歌形态。当然，这并不意味着“80后”这一代人的诗歌写作与“70后”这一代人的诗歌写作可以混为一谈，认为两者存在趋同化现象，在我个人看来，至少“80后诗人”（在此姑且将就这一说法）的写作还是程度不同地呈现了他们这一代人的审美情感经验，这就是他们的诗歌写作所具有的独特价值之所在。当然，与前辈诗人一样，“80后诗人”“强行进入历史”的意识也非常鲜明自觉，他们是以集体登场的方式在当下诗坛进行艺术亮相的，由此造成近些年“80后诗人”诗歌运动方兴未艾的态势与局面，《中国80后年度诗歌诗选》这种诗歌选本的问世，就是“80后”诗人诗歌运动的典型产物之一。

这本《中国80后年度诗歌诗选（2012）》以2012年为作品收入时间范围，在中国龙年这个时间节点对“80后诗人”的创作进行集中展示，具有特殊的文化象征意义。这部《中国80后年度诗歌诗选（2012）》，应该是国内第一部较为全面呈现80后诗人创作面貌的代际诗歌选本，我猜测它是“80后”系列年度诗歌选本的开端之作，因而值得我们重视。该诗选刚问世时我就浏览过，如今我又重读了一遍，感觉该书的代际选本色彩极为鲜明，代际意识也非常自觉而充分，当然，如果该代际选本呈现的是一种同质化的诗歌文本，则没有太大诗学价值。因而，这个代际选本非常值得称道的地方在于它主观或客观上呈现了“80后”一代人诗歌写作艺术面貌上的多样性，换言之，该选本虽然采取的是“集体登场”的方式，但其中那些有实力与有潜力的“80后诗人”却通过有代表性的诗歌文本，尽可能展示出各自的艺术个性。因为该选本入选的“80后诗人”较多，下面，我对那些阅读印象较深的“80后诗人”的创作予以简要的印象式点评，以便让读者对“80后”一代诗人的整体创作风貌有个基本了解。

在这部《中国80后年度诗歌诗选（2012）》中，给我整体印象颇深的是阿斐、郑小琼、李成恩、王西平、罗铖、丁成、雪马、冯娜、夏春花、罗雨等10位“80后诗人”的文本。阿斐有北京高校背景，出道较早，被公认为“80后诗人”中最有发展前途的诗人之一。阿斐对于题材、语言的处理能力整体出色，他善于从人们司空见惯的事物与现象中发现并挖掘深刻的诗意，节奏、语调控制得当，叙述从容不迫，想象优异，已形成自己的艺术风格。他的诗作《父辈的挽歌》显出其立意的卓尔不凡，而诗作《上帝的面试》又展示出阿斐灵魂探索意识及形式实验意识的自觉与可贵，让人对这位青年诗人的艺术发展前景抱有极大的期待。与阿斐一样生活、工作于广东的郑小琼，她作为诗人的社会影响力在“80后诗人”群体当中目前为止还是最为广泛的。前些年，郑小琼是以“打工诗歌”的代表诗人形象出现在诗坛和社会公众视野中的。作为底层经验的诗歌书写者，郑小琼的诗歌文本是粗粝、有力的，充满生命与心灵的痛感，她所创造的“铁”的意象成为“打工诗歌”

的经典性意象，呈现了底层工人共同的生命记忆，由此也凸显了郑小琼本人在新世纪中国诗坛具符号性的独特价值。而她这次入选诗选的《祖父》《雪》，属于怀旧题材，已没有了以前“打工诗歌”的尖锐与疼痛，但情感显得更为内敛而深沉，审美经验领域有了拓展，她的诗歌写作无疑仍然值得我们高度期待（例如，她近年用心书写的系列诗篇《女工记》显示了这位青年女诗人拓展底层文学经验的可贵努力）。与阿斐、郑小琼相比，李成恩堪称一位“迅速崛起”的“80后诗人”，她生活工作于北京，但她关于故乡安徽汴河的深刻记忆无疑滋润并启发了她的艺术灵感，目前她写得颇为精妙动人的作品还是与故乡汴河记忆有关的诗章。这些“汴河系列”诗章灵气充盈、神思飞扬，显示了李成恩非凡的才情，从这次她入选的诗作《玫瑰面孔》《拔柚子》中，我们还是可以看出女诗人在语言表达与意象经营方面的才华，虽然带给读者的惊喜程度似乎还稍显不足。来自宁夏的王西平无疑也称得上是一位异军突起的“80后诗人”，他从众多青年诗人中脱颖而出，凭借其出色独特的诗歌文本，一下子拉开与其他“80后诗人”的写作距离。在同辈诗人中，王西平的诗歌语言意识可能是最为自觉的，他运用陌生化的手法，对词语进行强制性地重新组织，有意识地阻断人们的惯性阅读，从而让词语本身散出发艺术的光芒，他的诗作《轶事中的主人》《命运的梨形大鼓》等即具有这样的审美阅读效果。总之王西平诗歌中的技艺含量颇高，让我们有理由对他的未来发展前景寄予厚望。

来自四川的罗铖是颇具艺术功力，且整体表现颇为稳健的一位诗坛青年才俊，他的诗歌想象丰富、空间开阔、语言跳跃而意蕴浑成，且注重意境的营造，极具感染力，例如，他的诗作《记梦：红衣男孩》《黑夜与雪》形式简洁，但空灵有味，简言之，罗铖的写作已日趋成熟，我个人很看好他的艺术前景。丁成是个多面手，在诗歌写作、诗歌评论、编辑刊物方面均表现抢眼。他这些年在上海与诗人徐慢等人一起创办先锋诗刊《活塞》，其鲜明强烈的现代主义倾向给诗坛带来不小的冲击。与此相对应，丁成的诗歌风格一向具现代主义色彩，情绪外在张扬，词语、意象的强暴性组合传达出现代人灵魂的不安与骚动，但他的诗作《菩提树》《午夜穿越孟加拉湾的星空去金奈》等则转向情感的内敛与沉重，令人回味无穷。来自湖南的雪马几乎是刚走上诗坛就确立了其先锋艺术风格的青年诗人。大致说来，雪马的诗歌风格简洁、有力、尖锐、激烈，呈现出典型的湖湘文化精神气质。雪马对事物的观察比较细致到位，不时有精彩的想象与表现力，其诗作《减法运算》典型地表现出雪马追求力度的艺术目标。雪马本人的写作目前已得到了不少诗坛前辈与名家的重视与好评。希望他本人再接再厉，取得更大突破。冯娜属于近年涌现出来的优秀青年女诗人之一，她对事物观察细致、表现细腻，擅长细节描写与语言叙述，风格明朗、含蓄而空灵，她的《贝叶经》《一瞥》等诗作中常有神来之笔，令人惊喜。虽然她的作品有时参差不齐，但潜力巨大，前程未可限量。夏春花的出道与冯娜比较相似，也是近年冒出来的优秀青年女诗人之一，虽然她的诗龄已不短了。大致说来，夏春花的诗歌单纯、有味，富有童真般的艺术想象力，语调甜美、率直、可爱，意境优美，例如她的诗作《甜莓与葡萄》《雨后》，将读者带入一个成年人的童话世界。罗雨是一位优秀的青年女诗评家，现在广西某高校任教，我们可以把她视作一位学者型青年女诗人，厚实的诗歌修养培养了罗雨纯正的诗学趣味，也让她在艺术技巧的掌握方面比较得心应手，罗雨的诗歌既有充分的理性与悟性，也有充盈的感性，两者有机融合，例如她的诗作《致命运》《在爱情边缘》就是这样的典型文本，质量上乘，令人难以忘怀。

而谷雨、唐不遇、池沫树、肖水、彭敏、熊焱、曹谁、张坚、林溪、木寻、巫小茶、朱妍等“80后诗人”的文本，也给我留下了比较深的阅读印象。简单说来，谷雨的诗歌写作在节奏控制与修辞方面显示出扎实功力，他的《旧池塘》等诗作在语言及意象运用方面都显得非常成熟、老道，其诗歌写作的水准是值得人赞许的。唐不遇与谷雨几乎同时出道，成为“80后诗人”中的佼佼者之一。唐不遇技艺较为全面，艺术想象力尤其丰富，例如他的诗作《乌鸦》选材虽旧，但对乌鸦的形象刻画与表达则颇为新颖。池沫树长期致力于对其打工生活与经验的书写，他对反讽手法的运用颇为得心应手，对底层经验的表现具有生动感人的效果，如《南方的困惑》《在黄昏》等诗作称得上是“打工诗歌”或“底层写作”的佳作。与池沫树的生活环境相反，肖水在高校任教，其阅读趣味的学院化倾向与写作风格的学院化倾向构成对称关系，肖水非常注重也擅长修辞效果，其词语的想象力值得肯定，他的《稻草拖拉机》就是这样典型的“书面语写作”文本。与肖水极为相似，彭敏也有名牌学府的文化背景，彭敏惯常的写作风格也是学院化倾向的，但这次入选的是一首口语风格的诗作《我的同桌李梅英》，因风格上的反差而给人某种新意，显示出彭敏诗学趣味的包容性，这种态度值得倡导。熊焱虽有大学背景，但其乡村情结过于浓郁，或者说其乡村生活的记忆极为深刻，已成为他诗歌写作的强大内驱力，因而熊焱最擅长的是乡土诗的写作，质朴、真实、深沉、忧伤，成为熊焱诗歌的基本审美情感，例如他的诗作《被辜负的光阴》便是对土地表达敬意与歉意的一个症候性文本。曹谁和熊焱的经历颇为相似，虽然都在大城市生活，但对于生养自己的乡村与亲人总是难以忘怀，怀乡病式的写作便成为他诗歌的题材与主题方向。曹谁的“怀乡诗”《金陵幽梦》《墓酒》等，投入真情体验，具有古典气质的抒情韵味，而曹谁诗歌中的神性写作向度更值得倡导与重视。张坚的诗歌则放弃“怀乡诗”的柔情，追求都市生存体验的表达，因而其体验有了躁动不安的意味，比如他的《削苹果》便是这样呈现现代性修辞力量的诗作。林溪的取材较为广泛，他在现实场景与历史想象的两极自由穿梭，《低处的阳光》揭示了现实的沉重，《斯巴达克斯》呈现了历史的沧桑，但无论是直面现实还是指向历史的诗篇均透露出作者的理想主义情怀，质朴的诗风彰显出作者的人格力量。与这些“80后”男性诗人相比，木寻、巫小茶、朱妍等三位“80后”女性诗人在作品中普遍表现出柔性的情感体验，具体一点说，木寻的诗歌风格显得灵气而有些诡异，例如她的诗作《夏之书》意象跳跃、情绪流转，有一种朦胧之美。巫小茶来自福建，她的诗歌叙述清晰、感觉细腻，字里行间透出一股南方女子的柔情，例如她的诗作《别人》《是什么消失在时光里》，让人感觉到女诗人纯正的南方气质。朱妍则在诗歌中显露了湖北女性的豪爽气质，她的诗歌空间开阔、想象不拘一格、语言姿态开放，例如她的诗作《经过》《卓玛卓玛》读起来就给人一种大气之美。除此之外，北残的睿智、郁颜的深沉、尘轩的厚重、刀刀的尖锐、胡桑的沧桑、八零的幽默、春树的聪明、刘东灵的质朴、许多余的注重细节、苏瓷瓷的词语质地等等，均给我留下了比较鲜明的印象。

除了上面论及的诗人以外，三米深、泽婴、王彦明、乌乌乌、高权、洛盏、鱼小玄、吕布布、茱萸、吴小虫、潘建设、牛依河、应诗虔、纳兰容若、安德、阿宝、李东、李季、刘脏、向迅、尹宏灯、缎轻轻、破破、张惠妹、舞舞、娟子、纪开芹等一批“80后诗人”，均表现出诗歌写作方面的才情或潜质，当然他们尚有进一步提升的空间。由于时间关系，对于这些青年诗人的作品，就不做具体点评了。

当然，由于某种原因，我比较熟悉且比较认可的一批有实力的“80后诗人”（比如盛华厚、李浩、戴潍娜、鲁娟、陆辉艳、邱启轩、徐钺、卢山、王东东、方石英、周冬梅、谢小青、马慧聪、梅花落、漆宇勤、杨康、梁小静、吕达、吕斐、袁恬、李小建、左右、苏明等）未能入选《中国80后年度诗歌诗选（2012）》一书中去，这在我看来还是较为遗憾的。我以为应该把这批被遗漏的“80后诗人”的创作纳入视野，这个选本才会非常全面完整地展示出“80后”一代青年诗人的艺术风貌与创作实力。

不管如何，《中国80后年度诗歌诗选（2012）》一书为许多“80后诗人”留下了他们青春的艺术创造痕迹，值得一再阅读，以便从中发现每位青年诗人的发展线索与突破路径。对于“80后”这一代青年诗人而言，他们已经上路了，正日益自信地走在诗艺创造的路上。对于他们，我唯有送上美好的祝愿，祝愿他们勇敢、热情的怀抱诗歌艺术的信念，一直在这条道路上走下去、探索下去，努力去创造一段属于他们这一代诗人的辉煌历史。

谭五昌，江西永新人。北京大学文学博士，现任北京师范大学中国当代新诗研究中心主任。出版《二十世纪中国新诗中的死亡想象》《诗意的放逐与重建——论第三代诗歌》等学术著作及诗歌类编著20余种。先后荣获“新锐评论家”“中国十大新锐诗歌评论家”等称号。

近十余年来，先后担任徐志摩诗歌奖、闻一多诗歌奖、海子诗歌奖等国内重要诗歌奖项的评委及评委会负责人。

90后诗歌新思维初探

韩庆成

一、诗歌是一种思维方式

诗歌说到底是一种思维方式。

在既往的批评中，经常用到的词是思想和思考。如果我们把思想看作结果，思考看作过程，那么，客观存在经过思考变成思想的方式方法，就是思维。

对同一种事物的思考，得出了不同的结果（结论），原因就在于思维方式的差异。

请允许我用直观、世俗的“新旧”来界定这种思维的差异。虽然这种差异很多时候是复杂的，不是新旧那么简单。但从诗歌发展史的总体来看，又确实可以将其简称为一部阶段性的、持续地用新的思维置换旧的思维的历史。

今天看来，诗歌显然不是思想，不是一种结论，也不单是思考，而是容纳了思考，可以导向结论的思维方式。这种思维方式体现在过程之中，是主体心灵智慧的结晶。

从语言到韵律、从内容到形式，或者形象地说，从诗经到乐府、从唐诗到宋词、从古诗到新诗，这个因思维变化带给诗歌的多层面出新，让诗歌有了活力，让阅读有了挑战。

正如汽车进入家庭以后人们开始关注各种车展，家庭汽车每隔五六年外观、内饰、性能上的换代改变，曾经让习惯了桑塔纳数十年不变的“经典”外形的人感到不适。这是一种思维的不适。

朦胧诗刚出现时曾有不绝于耳的批评之声：这是什么诗或者直接说这不是诗。这也是一种思维的不适。

本文将以“90后诗歌”话题推荐的个案为例，来说一说90后的新思维对阅读者，首先是对我的思维定式产生的冲击，并由此对90后诗歌予以重新认识。

二、两首标志性作品

“90后诗歌”的前身是“90后诗歌巡礼”，发布载体是中国诗歌流派网论坛和网易微博。中国诗歌流派网论坛2012年3月创办，是国内最早的持续展示90后诗歌和诗人的新媒体平台。此后设立的中国诗歌流派网论坛“90后诗歌”栏目，为这个平台提供了迄今为止最为有力的作品支持。

“90后诗歌巡礼”推荐过不少优秀的90后诗人。其中让我印象深刻的，是2012年6月11日推荐的余幼幼的《不死》：

你要了解我
就必须吃掉我

我割肉给你吃
挖心给你吃
挤奶给你吃
你要像对母亲那样对我
对妻子那样对我
对女儿那样对我

你要像找到了信仰
找到了一个
永远饿不死的工具

这是一首新思维特点十分明显的诗，构思的绝妙、语言的大胆、叙述的冷静、表现的手法都颇具震撼性，在某些方面超越了我们想象力平时可以到达的边界。人的角色互换、爱的多重诉求，既在颠覆我们的思维，也让我们感受到这正是物质社会信任、信仰、理解危机的折射。

新思维特点同样十分明显的是，“90后诗歌”今年2月20日首期推荐的阿煜的《植物人》：

实际上
当我写下这三个字的时候
心里便愣了一下
我问护士
他的血液是绿色的吗
他喜欢阳光吗
如果
是
春天的时候
他是先长叶
还是先开花

像北岛三十多年前的《回答》一样，《植物人》与《不死》共同构成了90后诗人对这个世界的认识。但与北岛“告诉你吧，世界/我不相信”的直接回答不同，他们在与世界的对话中，显示了既不同于朦胧诗、第三代，也不同于网络诗歌时代三次诗歌解放运动（见后）的新的思维方式。《植物人》在疑问之后表现出的异向的质问和追问，《不死》在设问之后的回答以及对回答童话、寓言般地演绎，最终让诗在新思维中实现了新突破。这两首诗因而可以成为90后诗歌已经提速、正在超越的标志。

三、表现的率性

如果一定要给诗歌设定一个终点，我要说，诗真正的终点，是到率性为止。

90后优秀诗歌的一个共同特点是表现的率性，包括诗的语言、内容、思考等各个方面。他们不再纠结于口语、书面语、“大师语言”（臧棣）这类表象的概念性的问题，而是注重内心所思所想的率性的、自然的、真实的同时也是诗意的表达。诗的语言特征已经不能用口语、书面语、“大师语言”来加以区分，而是体现出对各种可能语言的兼并与重组。

易小倩和小苏打都是在中国诗歌流派网成长起来，往往被习惯性地冠以“口语诗人”的90后作者，我常常提醒那些以口语化来批评他们的诗人读者，准确把握他们诗歌的语言：这些有口语，也有书面语的诗歌的语言，实际上是率性的语言。看看易小倩的《白》：“我有很多尴尬不得不面对/却无法习惯性地转头/躲回宽大的校服/躲回一年级的小身体/然后用白色粉笔/在黑板上/画举手投降的小人。”再看小苏打的《跳楼》：“我要安慰你不要这么想/都死了我们不一定/还在一起/没死我们还能亲吻，拥抱/用一生的时间/慢慢想我们/死之后。”

率性，源自《礼记·中庸》所说的“天命之谓性，率性之谓道”。用一句话来解释，就是想怎么写就怎么写。延伸一下，就是诗意的自然而然，就是内容的无拘无束，就是思想的自由。没有比这更能让90后诗人接受的表现方式了。

看一首引起争议的作品，夕染的《小小小的性幻想》：

如果你剥开一只橘子
青色的。
里面有个被折叠好的女人

你要放她出来吗

小小的女人。你以为你醉了
又怀疑，她是否是酸的
是否。发育完全

作为一位90后女生，写性幻想，首先在题材上突破了拘束。一只小小的橘子里有一个折叠好的女人，这种想象力的突破性又大大超越了朦胧诗、第三代前辈们诸如蓝色的太阳、红色的海洋这样的想象。折叠是一个能指性的词，它既指向形态，也指向心态，既感性，也理性，把“性幻想”的隐藏、包裹乃至准备好了乃至呈献的发生、发展状态，线性而又起伏地表现出来。“你要放她出来吗”，呈献之时的这句问话，是对“他”的，也是对这个世界的，无论你们是否有怀疑，无论你们是否在犹豫，“她”都将出来。从题材，到语言，到表现，这首诗的率性都被表现得淋漓尽致。

再看王磊的《阴天》：

天又阴沉沉的
就是不下雨
两天两夜都是这样
就像我想起你
心很痛很痛
就是不落泪
两天两夜都是这样
还像我们第一次同居
30元一天的小旅店
两天两夜
只亲过嘴

这也是一首涉及“性”的诗，与当年某些热衷极端的“下半身”前辈们不同的是，90后写性，语言大胆，但干净，就像脱衣服，他们留下了内裤。我想这正是他们打破了前辈的刻意为之，回归率性的表现。周瑟瑟点评这首诗时说得好：“青春从嘴唇上滑过，他绕过了鸡巴上的诗，写下了让老男人也心跳的爱情。”

还有一首，天随子的《四月来了》：

这一场雨，
持续了整整一晚上。还很温柔地，把一朵花
轻轻地，打下来。
我听到一声疼痛噼啪破碎，溅了一地
花香。连鸟语也是香的。当我听到鸟语，
耳朵、鼻子、眼睛、嘴巴甚至整个我都香了。香飘飘的
我，香飘飘的云，一不小心就飘起来了。
然后又一不小心地
落下来，和三月一起。分别成了
四月的父亲，和母亲。

这首诗对“性”的涉及比较隐晦，也可以说率性的展现十分巧妙。这让我感受到率性的自由并没有带来为所欲为或胡作非为，这是90后的不同之处，也是90后的可贵之处。如果我们把“一场雨”理解为一个90后的男生，把“一朵花”想象成一个90后的女生，再重读这首诗，你就会对“温柔”“轻轻地”“一声疼痛”“父亲”“母亲”这样的词语有新的理解，就会感受到率性的审美气质。

四、诗的边界

在网络出现之前，实际上已经有了诗歌应该怎样写，也即诗与非诗的问题，但那个时候的讨论主要集中在诗歌的艺术探索领域。网络普及之后，作品发表的随意性让诗与非诗的问题迅速凸显出来。那么，诗歌有边界吗？如果有，它的边界在哪里？

与网络一同成长起来的90后，在这个问题上的立场也是分化的，有人主张更宽容，有人主张更纯粹。主张更纯粹的，其观念甚至比他们的前辈更保守，这从他们中的少数人否定口语诗就可以看出。

诗歌当然是有边界的，但诗歌的边界也不是一成不变的。否则，就不会有白话诗，就不会有朦胧诗，就不会有口语诗，就不会有从李金发到知识分

子（学院派）写作的以技术性为特点的西化语言的诗歌。我们看到，网络新媒体崛起以来，诗歌的边界正进行着前所未有的大拓展。这种大拓展带来的革命性文本，既令诗人，同时也令批评家措手不及。很多否定性的评论，实际上反映了新媒体时代诗歌观念的滞后。

以网络诗歌为主要营养的90后，在浩瀚芜杂中选择性地继承了网络诗歌前辈们的精神财富，去伪存真，继续秉持在野立场，回答了诗人扎加耶夫斯基提出的“在一个压迫性的文化里，我们如何保持精神上的活力？我们如何不至于熄灭？”的关于诗更关于人的问题。

正是从这个意义上，我在“90后诗歌”话题有意识地推荐了少量“出格”之作，如微安的《瓜子脸》：

瓜子脸到底是
西瓜子
南瓜子
葵瓜子
还是
冬瓜子
所以你看
人类的语言真是让人类搞不懂

第一次从中国诗歌流派网“90后诗歌”栏目读到这首诗，它利落的语言和对惯性思维的质疑给我留下了印象，但并未打算推荐。第二天，新浪微博上大量转发的中国人民大学法学院教授杨晓青的宏文《宪政与人民民主制度之比较研究》，让我立即想到这首诗。因为杨文称：作为西方现代政治基本的制度架构，宪政的关键性制度元素和理念只属于资本主义和资产阶级专政，宪政作为完整的制度架构并没有普适性，其关键性制度元素和理念并不适合社会主义国家。“人类的语言真是让人类搞不懂”，《瓜子脸》的最后一句简直就是针对这段语言而作，它促使我从现实意义上确认了这首诗的推荐价值。这有点像 2011 年动车事故发生后，网络上大量引用北岛“我不相信”的诗句，来表达彼时的心情一样。

这首诗推荐后引起较大争议，争议的焦点就是诗与非诗。

这里有必要回到流派网的“90 后诗歌”栏目，这个栏目有很多不存在诗与非诗问题的作品，但那些作品过目即忘，有的不知所云。《瓜子脸》恰恰相反，它过目难忘，言简意赅，且令人回味。它提醒我们，单一的审美只能让诗歌走上不归路，审美的多极化是网络新媒体时代的必然结果，也是诗歌边界多维度拓展的受众驱动力。

王凯的《离婚仪式》则直接是说说的分行改编。与走饭的诗来自微博一样，这类最初形式并非是诗的新媒体语言，有着近乎天然的诗意，它们与诗的区别只是有没有使用回车。

我觉得
以后离婚
也应该按着结婚的流程
倒着顺序
再来一遍
通知亲朋好友
返还份子钱
婚车录像车
到丈母娘楼下
放鞭炮和彩带
最后把新媳妇抱上去
还给人家

离婚和结婚一样
要善始善终

这首诗推荐后也引起争议，除了说并非作者原创外（这其实是诗歌权属问题），就是质疑这不是诗歌。

五、个我与时代

前几天，无意中在微博上看到一段话，大意是三流的诗人主张介入，超一流的诗人生来就与时代无关。我为此特地发了一条微博，引用了这段话，然后说："说得多好，超一流的诗人我理解就是神仙了，那么请允许我鄙夷一回神仙，并向包括我在内的三流诗人致敬！"

在三十年前诗歌回归个我的大背景下，确实有诗人梦想不食人间烟火的神仙生活。但与网络孪生的90后还能做这样的美梦吗？在信息无孔不入的新媒体和移动互联网时代，我认为已不可能。虽然，网络动漫的虚拟世界看上去也是一个不错的仙境，但他们得读书、得吃饭、得找工作、得成为房奴，得在新媒体界面上面对各种真假难辨的事件。因此，90后必将完成从个我世界到现实世界的转场，并最终以个我的目光直面现实。

在"90后诗歌"话题推荐的诗人中，绝大部分已经（或正在）完成这个转场。他们"视直面各种问题为诗歌的必需之物"（扎加耶夫斯基），那种"极易流于低吟浅唱，或是失去思想内涵、有意升华的颂歌，各式各样毫无意义地对世界的赞美"（同上），在他们的作品中已经消失，代之以或婉转，或直言不讳的批判和思考。这方面的典型文本有小易大人的《炊烟》：

那是真正的炊烟，燃烧的木柴
诞下的精灵
能飘很远，飘到多年以后
在冰冷的城市夜空
与我相遇，我们像老朋友一样对望
那些破败的灶膛，被岁月燃烧得
越来越小的乡亲们
我们谁也没提及

再看陈玉伦的《梦醒呓语》：

下午，在成都的床上醒来，一场雨水
刚刚结束。我闻到一种久违的新，十五秒
之后，它又迅速销声匿迹。水蜘蛛

此时一定把自己裹成一个银色的水球，
不愿让世界触摸它绒毛上的心事。落叶
忽然令我伤悲，我在床上看到枯叶干涸的泪水。

这个世界旧了，我的山河祖国它旧了，
模拟真题旧了，广场上的天色一定在渐渐变暗，
我很自责。《思想与政治》继续散发樟脑丸的气息。

让雨水再一次，浇灌我们的眼睛吧。还记得
小时候撑着伞游走回一个家长不在的家，蜘蛛、
书籍、镜子每天都是新的。那个家我再也找不到……

这两首诗的一个共同点，就是“试图把这个时代所引以为傲的东西……理解为一种疾病、无能和缺陷”（尼采），这种看似不合时宜的思维，是90后新思维的一个重要特征，这种与时代（官方意识形态）的疏离，其实是一种在野立场的现实揳入，是未被时代驯服的独立思想的珍贵残留，是肉体和精神被时代压迫的一种反抗。

天还未亮
你们比我更早地醒来
从地下，回到枝头

变成蝴蝶、小鸟、鸣蝉等一切
充满生机之物
与你们相比，我更像是死过一次的人
醉心于虚构与幻觉的风景
你们在树枝上嘁喳、跳跃，拥有具体的脏器
我一半的身子陷入梦乡，五官变得，模糊不清
生与死之间，也许存在一个湖面
我是你们浑浊的倒影

青铜在南的《致死难者》是90后自觉审视生命内涵的开始。如果我们希望90后明白诗歌之于时代的意义，明白“介入时代生存和生命的有效性”(陈超)，就必须指出这首诗对“活着”——人的生存状态，作为的纵向比较及比较之后引发的反思及其具有的强烈现实针对性。这种反思不仅仅基于作者，甚至也不仅仅基于作者所处的90后群体，而是有着更广泛的社会指向。因此，在缅怀与自省之后，我还看到不满——一种改变的愿望，与前两点相比，这一点更珍贵，它在精神层面介入了时代的走向和我们能够拥有的未来。

“而我，和她一样保持了缄默 / 埋首于窗外的一行行短诗 / 在贫瘠中隆起的菜畦和庄稼 / 默读它们的叹息 / 默读大地的起伏”。废墟，繁花似锦的《在K343火车上》，通过关键词“默读”来表现内心的不平，“把自己的凝视紧紧保持在时代之上”（阿冈本），因而在一闪即逝的火车上，看到了被忽视的叹息和起伏，在大地上弥漫，在人心中聚集。

“哑巴娘看到儿媳妇的眼神时 / 一阵哆嗦 / 然后使劲挥动双手，撕扯自己的头发 / 像是在减轻自己的痛苦 / 这痛苦包括：/ 怀胎十月时丧夫。一朝分娩时变哑 / 儿媳妇至今未喊一声娘”。王冬的冷叙事诗《流产》让我思考了“干预”诗歌的“冷叙事”及其典型特征：客观——主观意识隐藏到无；细节——小说式的刻画；冷静——冷酷无情（抒情）；撼动——不因为以上三点而削弱（更多时候是加强）作品最终对读者的感染力。在叙述诗歌异军突

起的背景下，以在野立场干预时事的冷叙事，是转场后的90后诗人在新媒体时代可以深度施展的表现手段。

此外，玉珍的《秋天一过》、浅晓痕（许立志）的《春天里》、魔约的《硬币的三面》、大毛的《收藏》等诗人诗作，则在思考的层面，展现了90后新思维的差异性和创造力。

韩庆成，诗人、批评家。1965年生于安徽宣城，干预诗歌理论提出者、代表诗人。诗歌作品被收入《中国文学年鉴》《中国新诗百年大系》等选本，入选《今天》网“今天推荐”，并被译成英文在国外发行。著有诗集《城市和乡村的边缘》，主编《诗歌周刊》《诗日历》《华语诗歌年鉴》等。曾主持《诗歌月刊》《特区文学》《山东文学》《新诗》等刊物的“读诗”“90诗苑”“青春阅读”等栏目，向诗坛推荐了大量诗歌新人。获首届滴撒诗歌奖、第四届中国当代诗歌奖创作奖。

2011年，与批评家徐敬亚共同创办中国诗歌流派网，系全球最大的现代诗网站。2013年策划并主持“中国好诗榜”评选活动，已成功举办四届。现任中国诗歌流派网总编辑。

多重性格的时代

——对部分80后、90后女诗人的诗歌观察

谭畅

这世界很难找到失败者的活路，人们精疲力竭地挣扎着努力着攀比着竞争着想要胜出，企图靠近一个又一个众人争抢的小目标，目标看起来唾手可及，却总是跳起来也够不到。而生活已经离自己心中幸福安全的感觉越来越远。烧脑的社会事件爆炸在身边，逼每个人做出非左即右的选择。群体性思维如巨浪般扑向一个个令人震惊的细节，却又在下一秒揭露出更耸人听闻的事实，激情咒骂着蝗虫般散乱地退潮，任非理性的残肢遍布和窒息整个仓皇的沙滩。信息过剩的时代，生活碎片裹挟中，理智日渐脱离预设的轨道，心口不一的嘶鸣者堵住了各条出路，疑惑的彷徨者找不到自己的舌头。

一、真切的时代感

此时，安然的静默也许会显得愚蠢，甚至会固执得有点难堪，但拒绝自己不要的部分，可能比头脑混乱的冲刺，更需要内心的勇气和坚持。这个时代的写作者更需要在写和不写之间做出个人化的选择：怎么写？怎么不写？写什么？不写什么？用什么方式？不用什么方式？你舍得拒绝那种看起来正确却是“别人的”成功方式的诱惑和保护，铤而走险去探索自己的可能性吗？这种探索究竟要坚持什么？反对什么？什么是有诚意的探索？什么是狂妄的践踏和挑衅？一个公认的标准答案显然是不存在的，不同的写作者通过作品尝试给出了各自的回答，其作品以普遍的个人化的方式，对当下生活做出了多样化的表述，共同展示出这个时代的多重性格，为我们提供了有价值的诗歌研究样本。

生于80年代或90年代，女诗人们带着生活频密的触感，经历着都市和

乡村生活的剧变，体现出更真切的时代感。在遣词、造句和谋篇方面，有时虽然显露出稚嫩的新鲜感，以及明显的语词破绽，却在整体上表现出一种鲜活的生命力。故而，在这个春潮涌动的春天，为了这场血肉丰盈的文字邂逅，笔者决意抛弃脑中原有的认识藩篱，先屏蔽对其背景和渊源的考察，尝试从直抵眼帘的文字开始跋涉和对话。这种冒险令人紧张，或许正如纸上的诗句所赤裸裸指出的：

想不明白，是一种
折磨，想清楚了
是另一种羞愧
——张琳《我为什么歌唱青草》

也许这种堵塞所有坦途的做法看起来驽钝，但最陡峭的又何尝不可能是距离最短的路？从无到无，从字到字，从人到人，从心到心，未尝不是一种接受能量和解析密码的直接方式？之后的资料补充和背景介绍，包括信息含量极其丰富同时又岔道丛生的形象辨认和气质辨析，都只能是文字阅读之后的辅助绳索，心灵和文字的悬崖，期待一场90度垂直的攀登。

二、欣喜的阅读感受

这场阅读是充满惊喜的。一个毫无疑问的判断是：诗歌在进步，女诗人们写得越来越好了。这个“好”字，既可以说是泛泛而论的一种愉悦的阅读感受，也应该说是阅读者的专业认知，更是建立在几个主要观点之上的常识判断：首先女诗人受教育程度的普遍提高；二是女性对语言的理解与驾驭的天赋；三是女诗人创作更有诚意，甚至流露出一种脆弱的真诚，让人忍不住心生怜惜。最后却也是最重要的，是青春知识女性独到的发现目光，与精心营造、反复沉吟和运思的精彩过程。令人顿首的句子比比皆是：

原来那些曾经以为的巨大的事物

一不留神就飞出了我们的视线
——庄凌《和 S 看飞机》

呈现一场索然寡味的暧昧，把庞大坍塌后露出的真相摊在读者眼前。

我高高抬起的目光
只是为了替他们守着一片救命的辽阔。
——张琳《菩萨顶》

人类对神灵的崇拜和依赖，追根究底是意念在顽强地发挥作用，诗人是否也可以参与这场精神的建构？

从村南到村北，路瘦成一根鱼脊
我站在破旧的校门口，打量
下半辈子的江山
——金小杰《在常乐小学》

凸现乡村教师的孤寂和挫折感，以及对未来的茫然。

有时，我只是想走得稳一点
我低头，哪里都是秩序
——安然《低头》

也许内心敏感，但自我信念的坚守微弱而顽强。

只是一个太过粗糙的赝品
是的，它分毫不差，用它那精准的乏味
刺痛了我

以惯有的方式

——李娜《致夜夜来访的雨》

语言透过雨的日常，进入了事物的内部，把具体和抽象，狭窄和广阔对接起来，使得雨这个普通意象溢出了自身的平庸，拥有了诗的质地。

行文至此，也许应该适时地加一个谨慎的声明：鉴于笔者对“不代表”这一“软诗歌”标准的足够自省，本文不会勇敢到动辄以“群体”“代表”“最”“最不”等集体性、种类式、极端化的用词，对研究目标个体或群体进行标签式地概括，倘若不小心借鉴或不得已采纳了某种类词（这种情况可能会防不胜防），只能承认笔者所接触到的有限的语词资源，的确不足以准确对应和描绘过于丰富和微妙的诗作及诗人的区分。贴标签的警惕，并不意味着对某个具体诗人的具体作品失去言说的权力和能力。尝试阅读，尝试进入作品本身的语境，并尝试以读者、评者，甚至作者的多重身份对一首诗进行反复体味、解析和揣摩，不仅是可能和有效的，而且是有价值和有意义的。若是不小心能打开某种神秘通道，触摸到诗神的一点点灵光，相信比起作者所独享的创作喜悦，也不过只差几分之一火候，但足以使人感到相当程度的满足和惊喜了。

三、如何找回自己的喉咙

毋庸置疑，许多80后90后女诗人写作中也确实存在着几个常见的、较为突出的问题。如何找回自己的喉咙，摆脱陈词滥调的吞噬与淹没，增强语词运用的重量，成为一位合格的诗歌践行者？如滥用排比和押韵，在读者普遍缺乏阅读耐心的当前，会显得语言陈旧、语感拘束、信息量稀薄。不少女诗人自信不足，文中出现大量的向前人致敬的句子，把自己矮化为匍匐的诗歌信徒，过于熟悉的语言表达方式，吞没了自身珍贵的独创灵感。还有语言本身的使用，如何把前人使用过千百遍的语词激活，像魔术师和炼金术士一样，让其在诗行中闪闪发光，体现出直指人心的“陌生感”。汉语深厚的诗歌传统，作为当下创作的背景，将巨量的语言遗产堆压在当下诗人的头顶，

“一入侯门深似海”，被动的继承可能会压倒百年新诗，但规避其锋芒，并对其进行创造性的改造和使用，有可能成为一条值得探索的路径。

此时，创新的敬畏成为一个绕不开的话题。当前诗歌创作出现一些“古怪的混搭”作品。有些诗作轻灵而诡异，似中国画的留白般打开人类想象的空间，暗合当前设计界“少就是多”的理念，给读者带来了新奇的阅读经验，如：

用头颅说话
方向，长了舌头

毛茸茸的声音
摩挲着侧肩而过的时间

鞋子糜烂的哑巴，她继续
用眼睛走路
——丫丫《向日葵，丢失秒针的方向盘》

看似非理性的表述，如“方向长了舌头”“摩挲着时间”“用眼睛走路”，竟带来一种独特的美感。诗人生造词汇不是故弄玄虚，往往是为了表述更加准确，无形中也推动了一种语言的创新。

对诗人来说，合情与合理是两个截然不同的词，经常还要互相做对，因此这种试验有时会走向简洁的反面，像饶舌歌曲一样重复出别样的味道：

深白色的天空有些早熟，看起来。
而且我们看起来我们真的看起来那么好看。
——温文锦《四季》

新奇的文字使用，在当前诗歌探索中，确有其新鲜的价值，但若过度推崇和使用，沉溺于各种古怪的混搭，把语言疙瘩与消化不良的句子当有趣，甚至无视时间、语体、语境、身份用语的巨大差异进行硬生生拼贴，也有可能成为一个陷阱，如这样的诗句：

鬼子母出招：尝一嘴石榴
跟你家官人肉香最近，都酸甜口儿

是否把母语写作变成了蹩脚的“假洋鬼子”？让人想起文化沙滩上翕动的古怪蝌蚪？毕竟，诗歌自有其泱泱大道和文化承载的正途，现代汉语发展至今，也已经建立了自身公认的经典，甚至不少有价值的遗产。对语言的理解和驾驭需要足够大的诚意，过于古灵精怪的文字有时会不会显得轻率和机巧，缺乏诗教之国的端庄和宏大？作者与读者，可以把我本人的这些话语视为一种善意的提醒。

四、理想与现实的错位

在当代艺术领域，时常提到一个“打边炉（吃广东火锅）”的说法，意思是大家都太期待80、90后的青年艺术家快速成长起来，填补市场的空虚，以至于藏家和评论家们像围坐的食客一样缺乏耐心，食物未及煮熟，已经被众人捞起吃净了。急切浮躁的形势并未给青年人足够的时间，让他们沉潜下来，加强自身的综合修养和技巧练习，在创作上做到精益求精。未完成的旧作已被过度阐释和市场化，更成熟的新作堵在心里出不来，创作高峰没冲上去就已陷入了平台期，使得青年艺术家陷入普遍的“温水煮青蛙”的焦虑之中。

这种情况在当代青年人的新诗创作领域，应该也是存在的。读者和评论者对青年诗人作品过高的期待，与现实阅读感受中对其诗歌创作理念及具体诗歌作品的失落和遗憾，是真实存在的一对矛盾。当前理想主义退潮的背景下，个人经验的书写可以成为更普遍的主流。这种对生活的观察和书写，不拔高、不仰视，有切肤之痛，可能更容易获得共鸣。如以下诗句：

那晚他连一个吻都没有留下
我连自己都不相信
——庄凌《同学聚会》

万物沉浸在自己的命运中
无法自拔。我们也只好低头
继续走。仿佛有一种
藏身在密林深处的孤寂
正等待我们去造访。
——李娜《风雨骤来》

回到当下生活，回到内心深处，回到诗歌本身，有可能成为破局的一把钥匙。偶像破灭之后，同龄人的生活在场经验实实在在地吸引着大家的眼球。诗歌写作，从之前宏大的抱负出发，直面绝望的现实，历经过高的生活期待与真实痛彻的身边失望，诗人们还要警惕自己内心深处的自卑羞怯，有时会膨胀为目空一切。甚至走向成功的每一步努力，都成了与现实媾和的自私和俗气。如果成熟走向了流俗，即使在所谓先锋个人化实验的过程中，我们也观察到，大量诗歌流派和诗歌作品陷入个性实验与群体性千篇一律之间的巨大误区。诗歌的面目即使进行着实验的标榜，也只不过是千人一面的平庸。

而对“成功”的疏离，始终把真正的诗人推搡到主流的边缘，将其像油一样从水中剥离出来。但诗歌足以安慰和救赎诗人尘世中放弃和拒绝的部分。诗与诗的相认，将如山峰的对望，天空的邈远无际，太阳的万千普照，光华穿透一切。如水汽氤氲漫溢，心灵在震颤的惊喜里感受巨大的能量汇集和交换。

谭畅，原名谭昶，广东省文艺评论家协会副秘书长、广州市女作家协会副会长、暨南大学文艺学博士、花神诗歌节总召集人。代表作有《大女人》组诗，提出“柔软出诗人”。

编后记

谈及我编选青年诗歌年鉴的初衷与动机，我曾在《青年诗歌年鉴（2015 年卷）》一书的后记中，有过一段非常明确地阐释与说明，因为自觉颇为重要，我想在此重复与强调一遍："众所周知，自 20 世纪八九十年代以来，中国当代诗歌整体上取得了令人瞩目的创作成就，为世人所公认。其中，一大批理念先进、富有才华的青年诗人扮演了极为光荣的角色，他们成了推动当代诗歌发展的诗坛主力军。而进入 21 世纪以来，青年诗人的创作更是呈现出空前活力，他们新锐的写作姿态、诗歌理念及巨大的艺术潜能激活了整个诗坛，为新世纪的中国新诗带来了全新的可能性。当代中国新诗的希望在于青年，而数量可观的青年诗人的诗歌写作，需要诗坛有识之士的及时发现与挖掘，需要大力扶持与奖掖。他们中的佼佼者，在不久的将来就会成为新世纪中国新诗史的主角，这无疑可以成为当下诗坛许多人的一种共识。"

"但是由于中国当代成名诗人数量的众多以及选本篇幅有限等原因，更多的富有才华与可观的潜力的青年诗人的诗歌创作无法得以在选本中成规模亮相"，为此，"我决意为广大青年诗人专门编选一部诗歌年鉴，以年度选本的形式集中展示广大青年诗人的创作实绩，充分彰显海内外用现代汉语写作的青年诗人的艺术风貌与创作实力，希冀让这些数量众多的青年诗人在整个华语诗坛上崭露头角"。

正是我本人秉持这一认知、态度与编选目的，我花费了大量时间与精力编选出第一部《青年诗歌年鉴（2015 年卷）》。该诗选出版后，获得了诗坛人士尤其是青年诗人的一致肯定。另外，由《青年诗歌年鉴（2015 年卷）》出版而设立的首届中国青年诗人奖在 2016 年下半年顺利颁发了，参评对象规定为入选《青年诗歌年鉴（2015 年卷）》一书的青年诗人。首届中国青年诗人奖颁发之后，在广大青年诗人中间如潮好评，强烈反响，余响至今。因而在 2016 年年底，我再接再厉，继续编选《青年诗歌年鉴（2016 年卷）》，征稿启事发布出来后，同样得到了广大青年诗人的热烈响应与积极参与。而第二届中国青年诗人奖的设立同样与《青年诗歌年鉴(2016 年卷)》的出版挂钩，就是意图用评奖的方式来强力激发青年诗人参与《青年诗歌年鉴》的积极性，借此大面积激发青年诗人们进行艺术创造的巨大潜能。

经过数月征稿、选稿与编稿工作，现在，我手头的这本《青年诗歌年鉴（2016年卷）》终于宣告编竣。根据我个人的观察与阅读感受，在2016年度，盛华厚、李浩、张琳、曹谁、吕达、戴潍娜、李娜、李成恩、若离、张元、安然、灵鹫、王彦山、左安军、卢悦宁、马小康、吴雨伦、熊曼、金小杰、严琼丽、赵目珍、胡畔、陌峪、胡粤泉、陈雨吟、余元英、徐源、何双、蓝格子、阿琪阿钰、高粲等一大批80后诗人与90后诗人，在该年度的诗歌创作中有着整体上比较出色的表现（其中部分青年诗人曾获得过首届中国青年诗人奖），他们的写作与当下诗坛的美学潮流与写作格局构成对应关系，展示出在诗艺层面、审美精神层面、情感层面的丰富性与多样性，其中部分青年诗人的写作显得较为成熟与大气，才华洋溢、底蕴十足，我本人对他们的艺术发展前景充满期待。

由此，我愈加坚定了自己的一个判断或信念：《青年诗歌年鉴》一书连续性的编选与出版，将成为当下极具特色与亮点的一个诗歌选本，并将在时间的向度上日益彰显其独特的审美价值与文学史价值。希望广大青年诗人与我共同努力，一道见证并完成这一目标。

《青年诗歌年鉴（2016年卷）》一书得到了北岳文艺出版社社长续小强先生的大力支持，他超越常人的诗歌情怀与文化眼光令人钦佩！北岳文艺出版社刘文飞先生对我的编选工作予以了充分理解与大力支持，在此深表谢意！在该诗歌选本的编选过程中，任美玲、苏明、陈琼、赵欧娘、吉候路立、王乐乐、程龙、欧阳珊、牟希宁、黄慧欣、谭静迎等同学做了诗稿录入与初步编排等具体工作，在此一并表示感谢。

是为后记。

谭五昌　2017年3月底，写于京师园，4月4日略改